나의 여백이 선물이 된다면

나의 여백이 선물이 된다면

글, 사진 김충하

마음세상

당신의 여백을 위하여

　표준국어대사전에서는 시를 '문학의 한 장르. 자연이나 인생에 대하여 일어나는 감흥과 사상 따위를 함축적이고 운율적인 언어로 표현한 글'이라고 정의합니다. 너무 어렵게 설명한 것 아닐까요. 저는 시를 '삶에서 느끼는 순간의 감정'이라고 생각합니다. 그래서 읽는 사람들이 쉽게 읽을 수 있어야 한다는 것이 제 시의 모토입니다. 긴 시도 있지만, 짧은 시가 대부분이죠.

본격적으로 시를 쓴 것은 중학생 때부터였습니다. 학교에서 개최하는 백일장에서 종종 상을 타기도 했습니다. 고등학생 때까지는 남에게 보여줄 만한 정도의 시가 아니라고 생각했습니다. 보여줄 방법도 알지 못했고요. 대학생이 되어서야 차츰 그 방법을 알아가기 시작했습니다.

경북대학교 국어교육과에는 다양한 학내 동아리가 있습니다. 저는 그 중 시 창작 동아리 '말과 여백'에서 시를 세상에 내보이기 시작했습니다. 말과 여백에서는 매년 봄과 가을마다 시전을 열었습니다. 시화를 직접 그리고 시를 써 액자에 담았죠. 그리고 단풍나무 길에 일주일간 전시하며 봄바람과 가을바람을 맞았습니다. 언제 떠올려도 설레고 즐거운 기억입니다.

세상을 향한 두 번째 통로는 SNS입니다. 인스타그램과 페이스북 두 곳에서 매주 화요일과 금요일에 한 편씩 업로드하고 있습니다. SNS 시 연재는 반년에 한두 편의 시를 썼던 말과 여백에서와는 차원이 달랐습니다. 매주 밀리지 않기 위해 꾸준히 하루에 한 편씩은 시를 써야하죠. 또, 시 배경으로 쓸 사진을 구하기 위해 여기저기서 핸드폰을 꺼내야 했습니다. 누구도 감시하거나 닦달하지 않으며 하루나 이틀 정도 늦어도 되지 않냐고 생각할 수 있겠죠. 하지만 스스로와의 약속을 지키고 싶습니다. 앞으로도 그 약속은 변하지 않을 것입니다.

시에 쓸 여백 가득한 사진을 찍으며 앞날에 대한 불안함을 느끼기도 합니다. '내 미래는 어떨까?', '이러다 여백만 가득한 것 아닐까?' 꿈이라는 이름으로 아름답게 포장해도 그 이면엔 언제나 현실이 있었습니다. 그래서 이 책은 어떻게 보면 현실 도피의 산물입니다. 본격적으로 임용 고시 준비를 앞두고 저지른 마지막 일탈의 흔적. 그것입니다.

삶에는 여백이 필요합니다. 나무들이 가득 들어찬 정글 같은 현실 속에서 살아남기 위해서.

우리는 주어진 빈 공간에 간신히 사랑, 꿈, 열정, 미련, 고민, 후회, 아픔, 추억을 꾹꾹 채우며 삽니다. 이 책은 그 여백을 노래한 시와 그것으로부터 떠오른 이야기들을 담고 있습니다.

어떤 이유가 되었든 저의 여백에 방문해주신 당신에게 정말 감사드립니다. 당신의 삶에 주어진 여백 같은 시간에 가끔 읽어주시길 바랍니다. 20대의 부족한 식견이지만 당신의 여백을 위하여 이 책을 바칩니다.

제1부
오늘도 예쁜 꿈꾸세요

선인장 꽃
_어떤 사람이 되고 싶은가?

작열하는 태양빛에

목이타는 나그네가

모래바람 맞아가며

찾아가는 오아시스

침묵속의 향기되어

모래바람 타고날아

소리없이 나그네를

그곳으로 불러오는

잎은말라 가시되고

땅은말라 갈라져도

깊숙하게 뿌리박고

피어나는 붉은꽃잎

오아시스 물결위에

어렴풋한 붉은잎이

향기로운 붉은빛이

나이기를 바라본다

선인장 꽃 _김충하

이 시의 제목은 원래 '서시'였습니다. 시집 가장 앞에 올 것으로 생각하고 썼기 때문이죠. 쓰고 나서 보니 밋밋하여 선인장 꽃으로 바꿨습니다. 바꾼 제목도 밋밋하다고 느끼신다면 죄송할 따름입니다.

누군가를 만나고 알아갈 때 우리는 그를 설명해주는 여러 가지 정보를 얻게 됩니다. 나이, 학력, 고향, 가족 관계, 직장, 친구……. 사람마다 중요하게 생각하는 정보들이 있습니다. 저는 꿈, 목표, 이상향이 사람을 가장 잘 설명해주는 요소라고 생각합니다. 〈선인장 꽃〉이 '서시'였던 이유를 눈치 채셨나요? 그렇습니다. 저의 꿈, 목표, 이상향을 담은 시. 나라는 사람을 가장 잘 설명해주는 시이기 때문입니다.

"나의 꿈은 뭘까?" 이 물음의 해답을 찾기 위해 본격적으로 고민하기 시작한 때는 고등학교 1학년 초였습니다. 더 구체적으로는 국어 수행평가 때문이었죠. 당시 국어 선생님은 교직에 들어서신지 얼마 되지 않으셨던 에너지 넘치는 남자 선생님이셨습니다. 국어 시간에 여러 선생님들이 들어오셨지만 그 선생님의 수업 시간이 가장 기다려졌습니다. 선생님은 1학기 국어 수행평가 과제로 '나의 꿈 발표하기'를 내셨습니다. 그 동안 해왔던 수행평가는 대부분 약식의 지필평가였기에 상당히 당황스러웠죠. 학기 초에 미리 말씀해주서서 생각할 시간은 충분했지만 쉽게 답할 수 있는 문제가 아니었습니다. 고민하면 할수록 더욱 고민이 깊어지는 늪 같은 문제였거든요. '도대체 나의 꿈이 뭘까?', '내가 그동안 생각해왔던 꿈이 정말 나의 꿈일까?', '아니라면 진짜 내 꿈은 뭘까?' 고민은 꼬리를 물고 이어졌습니다. 사실 초등학교 시절부터 줄곧 과학자가 되고 싶었습니다. 그래서 매번 학기 초에 '나'에 대해 적어서 내는 종이에는 과학자가 장래희망으로 적혀있었습니다. 중학교를 거쳐 고등학교로 오면서 그 꿈은 로봇공학자와 천문학자로 좁혀졌죠. 로봇을 만들어 작동시키는 것을 좋아했고, 별을 보는 것을 좋아했기 때문입니다. 고민 끝에 둘 중에 천문학자를 골랐고 발표 주제는 별 보는 사람이 되었습니다.

발표는 끝이 났습니다. 점수도 그럭저럭 잘 받았고요. 그런데 이상하게 기분이 찝찝했습니다. 뭔가 스스로 속이고 있다는 생각이 들었거든요. 고민했지만 결국 스스로를 잘 몰랐습니다. 잘하는 것이 무엇인지, 흥미를 느끼는 것이 무엇인지를.

시 쓰는 게 좋았습니다. 그걸 알면서 모른 척 했던 건지, 돈벌이가 안 될 거라는 현실적인 생각 때문에 생각조차 하지 않았는지. 발표가 끝나고 나서 알았습니다. 로봇을 좋아하고 별 보는 것도 좋았지만, 시를 유난히 사랑했다는 것을.

시는 고통의 시간을 건디게 해주었습니다.

꿈을 찾기 위해 고민하던 고등학교 시절은 30년도 안된 짧은 인생에서 개인적으로 가장 힘들었던 시기였습니다. 대한민국의 고등학생으로서 여느 고등학생들과 다름없이 대학에 들어가기 위해 온갖 스트레스를 겪어야 했죠. 매일 칼 같은 6시 기상, 12시 취침(더 늦게 잔 날들이 많았지만)에 약한 몸은 지쳐갔습니다. 고등학교 1학년 겨울 방학, 결국 '기흉'에 걸리고 맙니다. 마르고 키가 큰 성장기 남자 아이들이 많이 걸린다는 병. 이름이 무섭게 느껴질지도 모르겠네요. 간단하게 설명하자면 약해진 폐포가 터져서 흉강 내에 공기가 차는 병입니다. 얼마나 많은 사람들이 걸렸으면 '흉부외과의 감기'라는 별명이 붙었을까요. 처음엔 정말 아팠습니다. 숨을 쉴 수가 없었거든요. 자려고 누우면 공기가 움직여서 아팠습니다. 벽에 베개를 대고 앉아서 자야 했죠. 결국 상태가 나아지지 않아서 전신마취 수술을 했습니다. 그땐 몰랐습니다. 양 쪽의 폐가 6번의 수술을 받게 될 줄은.

수술은 많은 것을 바꿔놓았습니다. 특히 체육시간이 교실에 홀로 남아 자습하는 시간으로 바뀌었죠. 쓸쓸했지만 그 시간은 도리어 꿈을 찾아주었습니다. 문제집을 잡는 대신 시를 썼죠. 오늘은 이 주제 내일은 저 주제 떠오르는 대로 막 썼습니다. 시를 쓰고 다듬는 방법은 아무도 가르쳐 주지 않았지만 시행착오를 겪으며 스스로 터득해갔습니다. 시 체력은 어쩌면 그때 길러지고 있었던 것인지도 모르겠네요. 시가 하나 둘 쌓여가자 소원이 생겼습니다. 누구도 안 사주어도 괜찮으니까 이름 석 자가 박힌 시집 한권 냈으면 좋겠다는 소원. 어떤 직업을 갖게 되어도 좋으니 그것만은 이루어보자는 목표는 자연스레 따라왔습니다. 이후 시집을 구상하기 시작했고, 첫 시를 썼습니다. '서시'였던 〈선인장 꽃〉을.

서시를 쓰려고 이런 생각 저런 생각을 하다가 마침 집 베란다에서 피었던 선인장 꽃이 떠올랐습니다. 작은 화분에서 자라는 작은 선인장이 아니라 제 키만 한 큰 선인장에서 핀 꽃이었습니다. 커다란 선인장이 원래 살던 사막도 아닌 한 가정집의 좁은 화분에서 꽃을 피울 때 까지 겪었을 아픔을 생각해보았습니다. 보통의 아픔은 아니었겠죠. 좁디좁은 화분에서 뿌리를 내리고 결국 피워낸 꽃. 고통의 끝에 핀 것은 꽃이란 이름을 가진 아름다움이었습니다. 그런 선인장 꽃이 되고 싶었습니다. 모든 고통의 끝에 꽃이 피길 바라면서. 향기가 다른 사람들에게 퍼져 희망이 되길 바라면서.

소재를 잡고 나니 다른 부분은 생각보다 쉽게 쓰였습니다. 환경은 사막이라는 극한으로 설정했죠. 선인장의 고향이지만 그곳은 고행과 고통을 상징하기엔 충분했습니다. 사막을 여행하는 나그네의 희망은 오아시스입니다. 그래서 선인장 꽃은 태양이 작열하는 뜨거운 사막의 오아시스 옆에 피우기로 했습니다. 강렬한 느낌을 위해 붉은 꽃으로 피워냈습니다. 선인장 꽃의 향기는 사막의 뜨거운 바람 속에 실려 지나가던 나그네에게 닿습니다. 이름 모를 나그네는 향기에 이끌려 와 그토록 바라던 '희망', 오아시스를 발견합니다. 형식 또한 선인장 꽃을 나타내고 싶어서 퇴고하는 과정에 의도적으로 정형시처럼 틀에 박아 넣었습니다.

〈선인장 꽃〉은 꿈에 대한 고민과 고통이 담긴 시입니다. 시를 좋아한다는 사실은 시집을 내자는 소박한 소원을 낳았습니다. 그리고 선생님이 그러셨던 것처럼 저도 누군가의 국어 선생님이 되어 학생들에게 꿈을 심어주어야겠다는 새로운 장래희망을 가지게 했습니다. 진짜 꿈을 찾은 뒤, 이과에서 문과로 전향했습니다. 아쉽지만 별은 학생들의 가슴 속에 달아주기로 했습니다. 후회는 없습니다. 비록 등단은 하지 않았지만, SNS에 시를 올리고 좋아요와 팔로우 수가 늘어갈 때마다 기쁨과 설렘을 느끼며 매번 깨닫습니다. 정말 시를 사랑하는구나. 시는 나의 일부구나 라는 것을요. 기흉도 꿈을 찾도록 하늘이 던진 시련이었다고 생각하게 되었습니다. 고통의 시간이 〈선인장 꽃〉도 탄생시켰고, 어떤 사람이 되고 싶은지 알게 했습니다.

그래서 선인장 꽃은 서시였습니다.

틀린 맞춤법
-틀림의 미학

가끔은

틀린 맞춤법이

마음을 아린다

이재는

아프지 말고

건강해라

마니 사랑헌다는

외할머니

편지처럼

틀린 맞춤법 _김충하

삶은 시험의 연속이고 동시에 틀리는 일의 연속입니다. 학교를 다니며 마주했던 수많은 시험지에는 틀린 문제들이 빨간 비를 내렸고, 임용 고시생이 된 지금은 그것이 제 미래를 결정합니다. 틀리지 않으려고 그토록 노력하지만 매번 틀리는 문제는 생기고, 틀려서 고통스럽습니다.

그런데, 가끔 틀린 것은 전율을 느끼게 합니다. 요 근래에는 인터넷에 올라온 한 초등학생의 국어 시험지에서 그런 느낌을 받았습니다. 문제는 간단했습니다. 주어진 문장에서 틀린 낱말을 고치라는 문제였습니다. 주어진 제시문은 "헤헤, 맡있겠다. 나 혼자 먹어야지." '맡'을 '맛'으로 바꾸면 맞는 아주 기초적인 문제입니다. 그런데 시험지의 주인은 뜻밖에 '나 혼자'를 틀렸다고 했습니다. 그 친구는 '같이'라고 적었죠. 전율이 흘렀습니다. 비록 문제의 번호 위에는 빨간 사선이 그어져 있었지만 그 보다 더 완벽한 정답이 있을까요? 한 번도 본 적 없는 초등학생의 틀린 문제는 전율을 선물했습니다.

〈틀린 맞춤법〉은 틀린 것에서 오는 전율의 순간을 시로 남기고 싶어서 썼습니다. 출발은 외할머니의 편지였습니다. 제

외할머니께서는 어릴 때 경상도로 시집오셨습니다. 타향에서 두 딸과 아들을 모두 시집, 장가보내고 교사, 의사, 약사로 키우셨죠. 자식들의 호강을 누리며 말년을 편하게 사실 법도 하신데 외할머니는 한글을 배우기 시작하셨습니다. 노인대학에서 정말 열심히 배우셨습니다. 가끔 외갓집에 놀러갈 때 마다 궁금한 것을 물어보실 때도 있었죠. 기초 한글이라 중학생인 저도 충분히 가르쳐 드릴 수 있는 수준이었습니다. 그렇게 몇 년이 지나고 외할머니는 편지를 손수 쓰실 수 있게 되셨습니다. 외할머니는 제 생일날 용돈과 함께 편지를 주셨습니다. 편지에는 틀린 맞춤법들이 있었습니다. 그런데 어긋난 맞춤법은 하나도 거슬리지 않았죠. 편지를 쓰기 위해 한 글자 한 글자 힘을 들여 눌러 쓰신 연필의 흔적과, 그것을 읽는 외손자의 얼굴을 떠올리며 미소 지으셨을 외할머니의 모습이 보였거든요. 그것은 숭고함이었고, 그것은 사랑이었습니다.

그 전율을 잊고 살다가 대학생이 되어 학과 내의 시 창작 동아리 '말과 여백'에 들어가게 되었습니다. 말과 여백에서는 매 학기 자작시를 써야했습니다. 1학년 2학기를 맞은 저는 무엇을 쓸까 고민하다가 우연히 서랍 속에서 외할머니의 편지를 보았습니다. 저는 외할머니가 실제로 써주신 편지 속에서 틀린 부분들을 찾고 그것을 몇 개 가져와 시로 옮겼습니다. 다 쓰고 나서 보니 이제껏 쓴 시 중에서 가장 짧은 시가 탄생했습니다. 짧은 시를 대하는 마음은 두려움 이었습니다. 말과 여백에서는 자작시를 돌려 읽고 좋은 점과 고칠 점에 대한 의견을 서로 나누는데, 많은 사람들 앞에 파격적인 시를 내보이기가 두려웠습니다. 무엇보다 스스로 자신감이 없었죠. 걱정이 태산이었습니다.

수업에서 선배와 동기들의 반응은 뜻밖에 호평이 이어졌습니다. 동아리 시전에 찾아오신 졸업생 선배들의 반응 역시 좋았고요. 동아리 시전 품평회에서 새내기의 시는 미숙함의 상징이었고, 졸업생 선배들은 매번 아쉬운 점을 알려주느라 바쁘셨죠. 그런데 칭찬을 받았습니다. 심지어 교직에 계신 한 선배는 저의 시를 수업에서 사용했다고 하셨습니다. 개인적으로 감동받은 순간이었습니다. 인정받은 것 같았거든요. 그렇게 짧은 시가 주는 매력을 알게 되었습니다.

〈틀린 맞춤법〉의 8할은 외할머니가 써주셨습니다. 제가 한 것은 어설픈 기교로 시로 다듬은 것뿐입니다. 이 글을 빌려 외할머니께 감사를 드립니다. 한 번도 답장을 써드린 적이 없는데 이 글이 책이 되면 답장 대신 반드시 보여드려야겠습니다. 외할머니의 관심과 사랑 덕분에 이렇게 자랐고, 시를 쓰고, 글도 쓰게 되었다고. 그리고 당신의 틀린 맞춤법에는 숭고한 사랑이 있었다고.

창, 비
-이유 없는 두려움에 대하여

웅덩이에 고인 빗물이

차가워 보이다가

흙탕물에 젖어 좋다고 뛰어가는 강아지가

가여워 보이다가

장화신은 꼬마아이가

귀여워 보이다가

지나는 사람과 눈이 마주쳐

부끄럽다

시선이 머무는 곳엔 생각이 가득한데

시간에 머무는 내겐 무엇이 가득할까

비가 온다

생각에 젖어 간다

창, 비 _김충하

〈창, 비〉라고 제목 붙인 이 시는 어느 비오는 토요일 오전 학교 근처 카페에서 쓴 시입니다. 처음 쓰기 시작했을 땐 아무 생각 없이 창가에 앉아 지나가는 사람들을 보며 생각나는 감정들을 나열했습니다. 그러다 2연에서 무슨 말을 해야 할 지 고민에 빠졌습니다. 문득 눈에 보이는 것과 드는 생각은 많은데 지금 이 시를 쓰는 나는 무엇으로 가득한지 궁금해졌죠. 펜을 잡고 비 오는 창밖을 보며 몇 분이 지났을까요, 감정 하나가 지나가는 것을 보았습니다. 나와 평생을 함께할 두려움이란 놈이 우산을 쓰고 천천히 지나가는 것을요.

시간은 자꾸만 흐릅니다. 흘러가는 시간을 살아가다보면 이유 없는 두려움이 불쑥 찾아올 때가 있습니다. 저의 경우, 공부를 하다보면 그렇습니다. 두려움을 느끼면 지나온 일련의 과정을 의심하게 됩니다. '제대로 공부하고 있는 걸까?', '기초부터 다져야 하는데 너무 성급하게 뛰어 넘어온 것은 아닐까? 그러다 두려움은 꼬리를 물다 못해 걸어가는 길 자체를 의심하게 하는 지경에 이르기도 합니다. '가려는 길이 정말 내 길이 맞는 걸까?', '지금이라도 다른 길을 찾아볼까?' 그렇게 한 차례 두려움의 폭풍이 지나가면 얼마 동안 멍 하니 벽만 보다가 다시 펜을 잡습니다.

그런 두려움은 종종 불편하고 귀찮습니다. 세상의 수많은 일 중에 오랜 시간 고민해서 선택한 것을 위해 공부를 하겠다는데 계속 딴죽을 거니까요. 그럴 때 할 수 있는 건 그저 마음을 다잡고 다시 펜을 잡는 것뿐입니다. 하지만 결국 두려움은 기름을 머금은 불 마냥 걷잡을 수 없이 번져가고, 그러다 보면 공부는 내일의 일이 됩니다.

도대체 왜 그럴까요? 두려움은 왜 사람을 가만히 두지 않을까요? 그 답은 우리의 뇌에 있는지도 모릅니다. 뇌 과학에 관한 책들에 따르면 인간의 뇌는 중심으로 갈수록 선천적인 감정을 관장하고, 겉으로 갈수록 후천적인 감정을 관장한다고 합니다. 전자는 두려움/공포/우울함 등의 감정이고 후자는 기쁨/즐거움/안도감 등의 감정이죠. 뇌의 중심 부분에서 관장하는 두려움이란 감정은 선천적인 감정입니다. 즉, 인간은 누구나, 태어나서 죽는 순간까지 두려움의 손을 잡고 살아가야 하는 운명인 것입니다.

두려움이 선천적인 감정이라면 그 이유는 아마도 '살아있다는 것' 자체가 아닐까요. 살아있기에 두려움을 느끼고, 벗어나기 위해 노력하고, 다시 두려움을 느끼고, 또 노력하고. 이 끝없는 두려움과의 술래잡기 속에서 벗어날 수 없는 것은 살아있기 때문이겠죠.

그렇다면 두려움을 대하는 방법은 명확합니다. 그냥 있는 그대로의 두려움을 받아들이는 것. 그것만이 유일한 방법 아닐까요. 그 감정을 솔직하게 대할 수 있다면 두려움의 굴레를 안이 아니라 밖에서 바라보며 '또 한바탕 하려나 보네'하고 넘길 수 있을 것입니다. 스스로 두려워하고 있다는 것을 알게 되면 그것은 더 이상 두려운 것이 아니지 않을까요?

무화과
-무화과는 그 자체가 꽃이다

벚꽃 마냥 개나리 마냥

눈부신 아름다움

속에 피었다

사라지는

낙화의 슬픔이

싫어

슬픔을 안으로 가두어

눈물을 향기로 머금어

보여주지 않으렵니다

스스로

꽃

하렵니다.

무화과_김충하

무화과=꽃이 없는 돌연변이 열매. 이제껏 그렇게 알고 살았습니다. 그런데 웬걸, 꽃이 없는 게 아니라 사실 무화과 꽃은 열매 속에서 피고 있었습니다. 우리가 밖에서 볼 수 있는 무화과의 겉은 꽃받침과 씨방이라고 합니다. 알고 계셨나요? 저는 완전히 속았는데 말이죠.

어쩌면 처음 이 열매에 무화과(無花果)라는 이름을 붙인 이는 단순하게 꽃이 안 피니까 꽃이 없는 열매라고 했을지 모르겠습니다. 하지만 무화과 입장에선 정말 억울했을 것 같네요. 보이지 않을 뿐인데 꽃이 없다니.

사람들은 낯선 것들을 파악할 때 생각보다 작은 부분에 대한 느낌만으로 전체에 대한 선입견을 가지는 경향이 있습니다. '작은 부분'은 눈에 보이는 시각적 요소인 경우가 대부분입니다. 즉, 외모로 판단하는 일이 많다는 말입니다.

우리는 외모로 사람을 판단해선 안 된다고 거의 세뇌에 가까울 정도로 들어왔습니다. 하지만 대부분의 사람들은 사람을 판단함에 제일 먼저 외모를 봅니다. 평소 행실, 들리는 이야기들, 직접 겪어본 경험 등을 토대로 한 사람에 대한 정보를 모으는 일은 시간이 걸리고 정성이 필요하기 때문일까요. 하지만 그런 노력 없이 사람을 판단하면 도움이 되는 사람을 허망하게 떠나보내는 일도 있고, 도움이 되지 않는 사람의 꾐에 속아 낭패를 보는 일도 있습니다.

확실히 우리 사회는 외모를 중시하는 사회입니다. TV를 틀면 예쁘고 잘생긴 사람들이 나와 춤을 추고 노래하고 연기를 하고 지하철 벽에는 수많은 피부과와 성형외과 광고가 걸려 있고 서점에는 다이어트 비법을 다룬 책들이 가판대를 가득 매우고 있습니다. 환경이 이러하니 있는 그대로의 자신을 사랑하자고 아무리 외쳐도 결국 듣는 사람만 듣지 대부분의 사람들에게는 와 닿지 않습니다.

저는 무화과가 되고 싶었습니다. 그런 생각을 처음으로 한 것은 사회복무요원으로 복무하면서 독서에 흥미가 생긴 뒤였죠. 사회복무요원이 되기 전까지 책이라고는 시험을 위한 책들 혹은 소설책 정도만 읽었었습니다. 그러다 복무를 시작하고 본격적으로 다양한 분야의 책을 읽게 되었습니다. 독서에 흥미를 붙여준 책 두 가지를 꼽으라면 로마인 이야기와 자유론을 꼽겠습니다.

로마인 이야기는 그 자체를 다 읽어내는 것이 도전이었습니다. 총 15권의 책을 빨리 읽고 싶은 욕심에 하루에 80쪽씩 의무적으로 읽었죠. 그런데 날마다 읽다보니 독서가 생활이 되었고, 오래 앉아서 책을 읽는 것이 익숙해졌습니다. 독서 체력이 길러진 걸까요. 그렇게 많은 책들을 읽다가 존 스튜어트 밀의 자유론을 읽었습니다. 그 책을 읽으면서 가슴 속에서 뭔가 뜨거운 것을 느낄 수 있었습니다. 밀이 말하는 것은 단순했습니다. 개개인은 자유롭게 살 권리가 있으나, 그 자유는 상대에게 피해를 끼치지 않는 선에서의 자유여야 한다는 것. 소름이 돋았습니다. 너무나 당연한 말인데 말이죠.

그 후로 일주일에 한 번은 서점을 꼭 들렸고, 새 책을 사서 읽고 책장을 채워가는 재미에 빠졌습니다. 생각해보면 책장만 채운 것은 아니었습니다. 내면을 채우고 있었습니다. 어른들이 왜 그토록 책을 읽으라고 했는지 알 것 같습니다. 읽고 생각하고 실천하고 보람을 느끼며 내면을 가꾸는 일은 정말 즐거운 일입니다.

무화과가 되는 일은 어떻게 생각해보면 참 간단합니다. 책 속에 답이 있다는 말. 그것이 답이 될 것 같습니다.

여러분은 벌써 흐드러지게 핀 꽃일 수도, 아니면 아직 피려고 준비 중인 씨앗일 수도 있습니다. 피어있는 당신의 꽃이, 또 언젠가는 분명히 필 그 꽃이 화려한 꽃이 아니라 해도 실망하지는 않으셨으면 좋겠네요.

당신은 당신이라서 아름다운 것이니까요.

스스로 꽃인 무화과처럼.

꽃다발
-흰 안개꽃이 될 수 있는 용기

내 삶은 붉은 장미가 아니라

한 무더기 흰 안개꽃이어도 좋다

나를 꺾는 것이 너의 흰 손이라면

꽃다발_김충하

사랑은 복잡 미묘한 감정입니다.

'사랑'이라는 주제로 시중에 나와 있는 책만 해도 수백 수천 권이 넘습니다. 또 우리나라 거의 모든 TV 드라마는 남녀 주인공의 사랑이 이루어지는 과정을 뼈대로 전개됩니다. 일상

속에서도 친구들의 연애 상담을 하게 되는 일이 왕왕 있고요.

그만큼 인간의 삶에서 사랑은 떼려야 뗄 수 없는 감정이며 가장 큰 고민 중 하나입니다. 수많은 사람들이 살아가며 사랑을 하죠. 사람마다 사랑하는 사람, 사랑에 빠지는 순간, 사랑하는 방식은 모두 다릅니다. 그래서 사랑에는 정답이 없는 것인지도 모르겠네요.

사랑을 하면 사람은 변합니다. 그럴 수밖에 없죠. 생각보다 많이 '나에게 이런 면이 있었나?' 싶은 순간들이 생깁니다. 항상 '주인공'으로 살아가던 두 사람이 서로의 세계를 알아가는 일이니 그럴 수밖에 없습니다. 서로 다른 세계에서 살던 사람들이 서로의 차이를 확인하며 실망도 하고, 다투기도 합니다. 보통 연애 초기에 연인들이 그런 고민을 겪지요. 그래서 오래 사귀지 못하고 금방 깨지는 경우도 많습니다. 위기를 극복하면 두 사람의 사랑은 조금 더 성숙해집니다. 시간이 지날수록 서로의 세계를 존중하며 그들만의 '문법'이 생겨납니다. 드디어 두 세계 사이에 다리가 놓인 것이지요. '아, 이 사람은 이런 말을 싫어하는 구나.', '이 사람은 이런 음식을 싫어하는구나.' 잔잔한 위기들을 극복하며 두 사람의 관계는 더욱 돈독해짐니다.

　서로의 세계에 살다가 상대방의 세계를 노크하게 된 두 사람은 많은 것을 배워갑니다. 그 중 반드시 배우게 되는 것은 바로 '희생'과 '배려'가 아닐까요. 서로에 대한 희생과 배려가 없다면, 그 사랑은 단기간에 끝날 가능성이 큽니다. 처음에 어느 정도는 콩깍지가 씐 눈으로 버틸지도 모릅니다. 하지만 시간이 지나 콩깍지가 벗겨지면, 상대방의 이기적인 모습에 실망하고 관계를 재검토하는 단계에 들어갑니다.

　사랑하는 사이에서는 상대방을 위해 '지고 들어갈 수 있는 용기'와 '넓은 마음'이 필요합니다. 범죄 수준의 나쁜 일이 아니라면, 사랑하는 사람이 원하는 대로 해주는 것이 좋습니다. 내가 이제껏 해온 방식대로 모든 일이 그렇게 이루어지는 것이 아니듯, 사랑 역시 마찬가집니다. 사랑하는 사람을 위해 상대방이 살아온 방식으로 살아보는 것은 그 사람의 세계를 체험해 볼 수 있는 좋은 계기가 됩니다. 그렇게 상대방의 세계에 맞춰가다 보면 상대방도 나의 세계를 엿보고 싶어 할 것입니다. 그러면 그때 내가 살아왔던 방식의 세계로 초대하는 거죠. '지고 들어갈 수 있는 용기'도 세상의 모든 일처럼 처음이 어렵지 그 다음은 쉽습니다.

사랑하는 두 사람이 '넓은 마음'을 가지려면 원하는 사람이 먼저 바뀌어야 합니다. 자신은 속이 좁으면서 상대방에게만 요구하면 말짱 도루묵입니다. 마음의 크기를 넓히는 방법은 생각보다 간단합니다. 사랑하는 사람의 있는 그대로의 모습을 사랑하면 됩니다. 약속 시간에 늦은 여자친구를 그냥 안아주고, 버스만 타면 잠이 드는 남자친구에게 '많이 피곤했나 보네'하며 어깨를 빌려주고, 화가 난 상대방에게 먼저 미안해하는 것. 있는 그대로의 상대방을 사랑하게 되면 사소한 것들에서 오는 즐거움과 행복은 더 늘어납니다. 상대방에게 화를 내게 되는 일이 줄어드는 것은 당연한 일입니다.

붉은 장미와 흰 안개꽃이 섞인 꽃다발 속에서는 붉은 장미가 주인공입니다. 사랑하는 사람을 위해 기꺼이 흰 안개꽃이 될 수 있는 사랑. 세상에 어떤 꽃다발보다 아름다운 사랑이 아닐까요?

변곡점
-시련과 상승 곡선 사이

더 높이 날기 위해

더 낮은 곳을 향해

잠시 찰나의 날개를

펄럭이고 있는 당신

여기는 변곡점.

이제 다시 높이 날 시간

변곡점 _김충하

시련은 잊을 만하면 찾아옵니다. 우리는 살아가며 시련을 겪고, 좌절하고, 아파합니다. 세상은 우리가 원하는 것을 모두 이루어주지는 않기 때문이죠.

젊은 세대에게 시련과 좌절은 어쩌면 너무나 익숙한 단어인지도 모르겠습니다. 대학 입시, 조별 과제, 리포트, 취업 등. 시련을 상징하는 키워드가 차고 넘쳐납니다. 아프니까 청춘이라는 말은 더 이상 위로가 되지 않습니다. 한 번 아프기 시작하면 한 없이 아프기만 하다가 청춘이 끝나는 게 현실이니까요.

하지만 너무나 자명한 진리는 '영원한 것은 없다'는 것입니다. 시련과 좌절에도 끝이 있습니다. 시를 지음에도 마찬가지입니다. 저는 매주 페이스북과 인스타그램에 연재하기 때문에 미리 몇 편을 준비를 해야 합니다. 그런데 가끔 써야겠다는 마음을 먹고 앉았는데 단 한 줄도 써지지 않는 날이 있습니다. 그런 날은 잠시 밖에 나갔다 오거나, 책을 읽다가 다시 펜을 잡아도 소재만 머리에 맴돌 뿐 구절이 나오지 않습니다. 소득 없이 며칠이 지나면 마음은 조급해지고 급기야 창작력에 의심을 품고 실망하기도 합니다.

창작의 시련은 뜻밖의 순간에 해결됩니다. 샤워를 하다가 문득 꼬여버린 매듭이 풀려서 완성되기도 하고, 책을 읽다가 힌트를 얻기도 합니다. 신기한 것은 그렇게 막혀있던 시의 댐이 무너지면 하루에 2~3개의 시가 써진다는 것입니다. 안 써질 때는 그렇게 안 써지던 시가 하루에 2~3개씩 써진다니. 야속하면서도 안도할 따름입니다.

누구나 삶에 시련이 찾아옵니다. 그리고 그 시련이 끝나고 다시 상승 곡선을 그릴 변곡점 역시 찾아옵니다. 흔히 '바닥을 쳤다'는 말을 하죠. 바닥. 가장 밑에 있는 부분입니다. 더 떨어질 곳이 없다는 것이죠. 바로 그 바닥이 변곡점입니다. 닥쳐온 시련에 허덕이고 있다면 보란 듯이 버텨봅시다. 그 시련은 더 나은 당신이 되기 위한 아주 잠깐 바닥을 향한, 찰나의 순간이니까요. 변곡점은 반드시 옵니다. 그 순간을 놓치지 말고 날개를 펼치세요.

이제는 상승 곡선을 그릴 시간입니다.

무덤 앞에서
-먼지에서 먼지로

혼돈의 먼지로 태어나

한줌의 먼지로 떠나갈

여행의 말로에

감히

언덕을 남기지 않겠다

하이얀 바람에 잠들어

다시 별이 될 날을 기다려야겠다

무덤 앞에서 _김충하

솔직히 죽음의 의미를 아직은 잘 모르겠습니다. 단순히 숨이 끊긴다는 것 말고 그 이상의 의미를요. 나이가 어려서 그렇다고 핑계 아닌 핑계를 대봅니다. 하지만 문학적으로 정의를 내려 보자면, 죽음은 아이러니라고 생각합니다. 태어남에는 순서가 있지만 죽음에는 순서가 없습니다. 태어남은 자신의 의지로 결정할 수 없지만 죽음은 가능합니다.

죽음은 오래 전 부터 인간 생활에 깊은 영향을 끼쳐왔습니다. 인간으로 하여금 종교를 만들게 했고, 급기야 피라미드와 병마용 같이 믿을 수 없는 크기의 무덤을 짓게 했습니다. 우리나라에도 조상들이 남긴 큰 무덤들이 남아있죠. 그런 무덤이 도심에 위치해 관광 명소가 된 도시가 있으니, 바로 경주입니다.

경주의 대릉원은 독특한 분위기를 풍깁니다. 도심 속에 있는 작지만 큰 여러 동산 같은 무덤들과 어우러진 숲의 분위기는 고즈넉하기도 하고 신비롭기도 합니다. 그런데 그곳이 누군가의 무덤이라는 당연한 사실을 생각하며 다시 돌아보면, 스산하고 소름이 돋습니다. 그저 도심 속의 작은 동산 같던 언덕이 누군가 잠들어 있는 곳이라니…….

　그래서 경주를 사랑합니다. 죽은 자의 공간이 살아있는 자들에게 즐거움과 감탄을 자아내게 하는 어우러짐은 쉽게 경험할 수 없기 때문이지요. 〈무덤 앞에서〉의 배경 사진은 대학교 동기들과 갔던 경주 여행에서 찍은 사진입니다. 천마총을 보고 나와서 첨성대로 가던 길에 마침 구름이 말처럼 보여서 무작정 찍었습니다. 나중에 집에 돌아와 사진을 정리하다 보니 함께 찍힌 두 무덤이 눈에 들어왔습니다. 그리고 죽음과 관련된 경험을 떠올려보았습니다.

　최근에 겪은 누군가의 죽음은 할아버지가 돌아가신 일이었습니다. 할아버지는 교통사고를 당하시고 1년 간 병원에서 지내다 운명하셨습니다. 저는 집안의 장손이라 태어나서 처음으로 장례식 전 과정을 경험하게 되었습니다. 기억에 남아 있는 몇몇 장면들이 있습니다. 관에 들어가시기 전 마지막으로 보았던 수의를 입고 계신 할아버지의 모습. 그리고 막 화장이 끝나고 마주한 새하얀 가루, 지금 떠올려 보아도 뭐라고 설명할 수 없네요. 깊은 슬픔, 충격이라기 보단 인생과 삶이 무엇일까 하는 생각이 들었습니다.

무덤에 갇히는 게 싫습니다. 한 자리에서 오랫동안 몇 십 년, 몇 백 년, 아니 어쩌면 몇 천 년을 머물러야 하는 것은 생각만 해도 큰 고통입니다. 그래서 미래의 자식이 될지, 아내가 될지, 누가 될 지는 모르겠지만 사랑했던 이의 손에서 흩날려 바람에 실려 가고 싶습니다. 물이 되고 바람이 되고 흙이 되어 이 세상 곳곳에 스며들었으면 좋겠네요. 온 세상을 실컷 돌아다니다가 이 지구라는 별이 죽을 때 함께 먼지가 되어 우주의 일부가 될 수 있다면 정말 멋진 일이 아닐까요.

생각해 보면 글을 쓰고, 시를 쓰고, 책을 쓸 수 있는 것은 그 옛날 깜깜한 우주에서 먼지들이 뭉쳐서 지구라는 별이 되었기에 가능한 일입니다. 삶이 우주의 먼지에서 시작된 여행이라면 다시 한 줌의 먼지가 되는 것이 순리겠지요. 그래서 다시 한 줌의 먼지가 되어야겠습니다.

무덤을 남기지 않아야겠습니다.

꿈꾸는 그대에게
-예쁜 꿈꾸세요

꿈보다 해몽이라지만

함부로 넘겨짓지 않을래요

당신의 꿈은

그 자체로 소중하니까

오늘도 예쁜 꿈꾸세요

꿈꾸는 그대에게_김충하

많은 사람들이 꿈을 가지라 합니다. 간절하게 원하면 이루어지리라 격려합니다. 금방이라도 꿈이 이루어질 것 같은 부푼 마음으로 책상에 앉아 펜을 잡습니다. 언제 그랬냐는 듯 마음은 답답하고 눈앞은 까매집니다. '정말 이룰 수 있는 꿈일까?' 의심은 들뜬 마음에 비를 뿌립니다. 착잡한 마음으로 문제집을 풀어 보지만 풀릴 리가. 풀어진 것은 문제집이 아니라 눈꺼풀이었습니다. 잠이 듭니다.

매일 그러진 않았지만, 고등학교 시절 한 달에 적어도 한 주는 그렇게 흘러갔습니다. 사람은 간사해서 현재가 힘들면 과거는 쉽게 잊히죠. 지금은 과제와 시험에 파묻혀 여유롭게 고민할 시간조차 충분하지 않습니다. 꿈이 이루어질지를 걱정하며 문제집만 풀면 되었던 그 시절이 그립기까지 합니다.

희망은 어디에 있을까요? 한때는 성적표의 작은 숫자에 있었고, 대학 합격증에 있었습니다. 지금은 어디에 있을까요. 국어 선생님이 되기를 갈망하고 있지만, 갈수록 좁아지는 문과 임용고시라는 압박감에 짓눌립니다. 공부를 하며 세상에 내놓는 시가 희망일까요. 잘 모르겠습니다. 시를 쓸 때 마음이 가장 편하고 시간도 빨리 흐릅니다. 하지만 평생을 시만' 쓰면서 살 수는 없겠지요. 현실과 적당히 타협해야 합니다. 그래도 꿈을 가진 이상 포기할 생각은 없습니다. 사는 대로 생각하기는 싫거든요. 한 번 뿐인 인생이라면 생각하는 대로 살아야하지 않을까요.

저는 열심히 살아야 한다는 강박증이 있습니다. 새내기 시절 3월 초 어느 날, 잠에서 깨어났는데 익숙한 통증이 느껴졌습니다. 기흉이었죠. 누적된 경험은 무시할 수 없었습니다. 감으로 공기가 어느 정도 샜는지 알 수 있었으니까요. 다행히 이전 보다 통증이 덜 한 것으로 보아 그리 심한 상태는 아닌 듯했습니다. 10시가 첫 수업이라 준비를 하고 병원으로 갔습니다. 아니나 다를까 폐의 공기가 조금 샜습니다. 이전보다 심하시 않아서 그대로 수업을 들으러 갔죠. 이런저런 생각들이 세포 분열을 감행했지만 그렇게 오후 수업까지 들었습니다. 그 뒤로 한달 동안 택시 등하교를 해야 했고, 지금까지는 탈 없이 잘 살고 있습니다. 견딜만했기에 아무 고민 없이 수업에 들어갔는데 동기들은 그런 모습을 보며 놀라움을 감추지 못했습니다. 지금에서야 해보는 생각이지만, 어려움을 극복해가는 자세, 그 자세가 어쩌면 저에겐 희망인지도 모르겠습니다.

희망은 꿈과 한 몸입니다. 꿈이 없는 희망은 미래가 없는 희망이고, 희망 없는 꿈은 유폐될 꿈입니다. 꿈꾸며 희망을 안고 사는 사람을 응원합니다. 이상주의자라고 욕을 먹어도 괜찮습니다. 이상을 좇을 수 있어서 행복하니까요!

흔들리는 시간
-어느 가을날의 이야기

어두운 길에도

빛 하나 없진 않으니

언젠가는 그 길 위에

빛 하나 될 날 오기를

밤길을 걸으며

흔들리는 그림자 사이에서

자신을 잃지 말자 다짐했다

흔들리는 시간이

지나고 있었다

흔들리는 시간 _김충하

2017년의 어느 가을, 퇴근하면서 시 배경으로 쓸 요량으로
사진을 찍었습니다. 몇 장을 찍다가 잘못 눌렀는지 흔들린 사
진이 있었습니다. 평소 같았으면 삭제했겠지만 그날은 그냥
두고 싶었어요. 집에 돌아와 그 사진을 컴퓨터에 옮겼습니다.
넓은 화면에 띄워두고 채워 넣을 시를 생각해보다가 '흔들림'
에 대해 생각하게 됐습니다.

흔히 흔들림의 결과로 성장을 생각합니다. 그리고 흔드는
것은 외부의 힘으로 여기죠. '흔들리지 않고 피는 꽃이 어디 있
으랴'라는 구절로 시작하는 도종환 시인의 〈흔들리며 피는 꽃
〉이 각인되어 있기 때문일까요. 굳어진 프레임에서 벗어나고
싶었습니다. 그래서 성장 대신 흔들리는 모습에 프레임을 맞
췄습니다.

가장 먼저 떠오른 구절은 '자신을 잃지 말자'는 구절이었습

니다. 생각해보면 그렇죠. 아무리 흔들어도 '흔들리는 나'가 없으면 성장이든 슬픔이든 이야기가 생기지 않습니다. 생각보다 쉽지는 않지만요.

사회 복무를 하면서 성격과 맞지 않는 일을 해야만 했습니다. 문서를 정리하고, 편철하는 일에는 돌아서 갈 길이 없었습니다. '하다보면 끝나겠지'라는 생각밖에 할 수 없었죠. 〈흔들리는 시간〉을 썼던 날 역시 하루 종일 문서와 전쟁을 치렀던 날이었습니다. 피할 수 없으면 즐기라는 말이 있지만, 아무리 해도 즐길 수 없는 일은 있습니다. 그런 일은 억지로 즐기려고 하기보다 그저 흘러갈 것이라고 최면을 걸었습니다. 그러다 보니 2년이 지났고 소집 해제의 날이 왔습니다.

흔들리는 시간 속에서 자신을 잃지 않기 위해서는 희망이 필요합니다. 실낱같은 희망이라도 괜찮습니다. 그저 잡고 버틸 수 있는 한 가닥이면 충분합니다. '이 시간도 흘러가겠지', '퇴근 하면 어떤 시를 쓸까', '자기 전에 게임 한 판하고 자야지' 그런 생각으로 버텼습니다.

어두운 길에도 분명히 빛은 있습니다. 그것이 희미하다 해도 말이죠. 가로등 하나 없는 시골길에는 달빛이 있고, 숲이

우거진 산길에는 반딧불이 있습니다. 그래서 하루가 어두워도 그 뒤에 올 한 가닥 빛을 기다립니다.

얼마나 더 흔들릴 인생인지는 모르지만, 모든 흔들림에는 끝이 있습니다. 그 뒤엔 성장이라는 선물이 주어지죠. 시작하며 굳어진 프레임이라 했지만 그 고정관념을 믿어 보려 합니다. 그렇게 살다 보면 언젠가는 어두운 길에 빛이 될 날이 온다고 믿습니다. 욕심이라기보다 작은 바람이라 말하고 싶네요.

이제 이 밤이 가면 해가 뜨고, 새로운 아침이 밝습니다. 내일은 또 어떤 일들이 날 흔들까. 약간의 두려움과 약간의 설렘으로 불을 끕니다. 어느 가을 날 흔들리던 시간은 그렇게 흘러가고 있습니다.

제2부
눈에 보이지 않는 것을 봐 주겠니

단풍
-멀어진 그 사람

등 돌린 사람은

한 바퀴 지구를 돌아와도

만날 수 없지만

물들린 너와는

한 바퀴의 공전이 끝나면

다시 만나겠지

그럴 줄 알았으면

그 사람 가는 길에

한 잎 씩 깔아줄 걸

레드카펫

밟고 가라고.

단풍 _김충하

　인터넷을 돌아다니다가 제일 가까운 사람이 등을 돌리면 지구에서 가장 멀리 있는 사람이 된다는 글을 읽었습니다. 글쓴이는 지구 반대편에 있는 사람을 보려면 지구를 반 바퀴만 돌아가면 되지만, 뒤돌아선 사람은 지구를 한 바퀴 돌아와야 한다더군요. '그냥 뒤돌아서 부르면 되지 무슨 지구 한 바퀴씩이나……'하고 넘길 수도 있었지만, 한 번도 생각해보지 못한 참신한 생각이라 메모 해두었습니다.

　가만히 생각해보면 정말 그렇습니다. 가까운 사람일수록 한번 돌아서면 가장 먼 사람이 되어버리죠. 관계 사이에 사랑이란 말이 들어간다면 더. 특이한 경우를 제외하면, 그 누구보다 가까웠던 두 사람은 이별을 계기로 그 누구보다 먼 사람이 됩니다. 길에서 마주칠까봐 매일 걷던 길을 피해가기도 하고,

외워버린 전화번호를 잊어보려 하기도 하고, 머리를 짧게 잘라버리기도 합니다. 아무리 노력해도 오랜 시간 드리웠던 그림자 속에서 쉽게 벗어날 수 없습니다. 시간이 가고 새로운 사랑이 찾아오면 겨우 벗어나긴 하겠지만, 잊어도 잊는 게 아닐 테죠.

멀어져버리면 다시 만날 수 없는 사이가 있는가 하면, 곁을 떠나도 주기적으로 만나게 되는 사이가 있습니다. 단풍처럼. 매년 가을이 오면 물감을 뒤집어 쓴 나무들이 거리에 가득합니다. 경북대학교 사범대학과 중앙도서관 사이에는 단풍나무 길이 있습니다. '금란정'이라는 정자가 길 중간에 서 있고, 그 주위로 단풍나무가 있죠. 잔디밭과 벤치도 있어서 잠깐 쉬어가기 좋은 길입니다. 가을이 되면 그 길 위로 채도가 높은 나뭇잎들이 떨어집니다. 한 잎 한 잎 밟다보면 자연히 지난 추억들과, 함께 단풍을 밟았던 사람들이 떠오릅니다. 기억들의 손을 잡고 단풍 위를 조심스레 걷다보면 길은 끝이 납니다.

〈단풍〉은 그 길의 벤치에서 썼습니다. 그 날, 하늘은 파랗게 단풍은 빨갛게 물들어 있었습니다. 새빨간 단풍은 스치면 빨간 물이 들어버릴 것처럼 선명했죠. 그래서 사진을 찍을 수밖에 없었습니다. 우연히 떠오른 레드카펫의 이미지는 곧 김소월의 진달래꽃으로 오버랩 되었고, '산화공덕(散花功德)' 모티브를 불러왔습니다. 시 한편이 빨갛게 물들었습니다.

등 돌린 사람들을 단풍나무 길로 불러와 그들 앞에 빨간 단풍잎 카펫을 깔아주었습니다.

또 한 번의 가을이 지나갑니다.

여우야
-정말 소중한 것은 눈에 보이지 않아

너에게 다가가

황금빛 밀밭 같은

털을 쓰다듬으면

너에게 다가가

두고온 나만의

장미들을 보여주면

여우야 너는

어린왕자에게 썼던 만큼

내게도 시간을 써주겠니

어차피 잃을 나라도

눈에 보이지 않는 것을

봐 주겠니

여우야_김충하

어린왕자를 제대로 읽은 것은 대학생이 되고 나서였습니다. 우연히 오리지널 초판본 디자인 책 광고에 넘어가 무작정 샀던 것이 계기였죠. 정독하기 전까지만 해도 어린왕자는 '보아뱀'과 '상자 속의 양'으로 표상되는, 잃어버린 동심으로 굳어 있었습니다. 그 기억을 안고 나는 여우를 만났습니다.

여우는 처음 만난 어린왕자가 같이 놀자고 하자 길들여지지 않아서 놀 수 없다고 말합니다. 어린왕자는 길들인다는 것의 의미를 궁금해 하고, 여우는 관계를 만드는 것이라 하죠. 어린왕자와 이야기를 나누던 여우는 자신을 길들여달라고 합니다. 어린왕자는 승낙하지만 친구도 찾고 알고 싶은 것도 많아서 시간이 없다며 걱정합니다. 그러자 여우는 이렇게 말합니다.

"우리는 길들인 것만 알 수 있어."

어린왕자와 여우는 천천히 서로를 길들이고 길들여져 갑니다. 결국 어린왕자가 떠나야 하는 시간이 왔습니다. 여우는 장미꽃들에게 다녀오면 비밀을 하나 알려주겠다고 약속합니다. 어린왕자는 시간을 들여 정성을 쏟았던 장미꽃의 소중함을 깨닫습니다. 여우는 돌아온 어린왕자에게 비밀을 알려줍니다.

"정말로 중요한 건 눈에 보이지 않거든……."

'네 장미꽃을 그토록 소중한 존재로 만들어준 건 바로 네가 장미꽃을 위해 쓴 시간이야."

모든 관계에는 시간이 필요합니다. 친구 사이에도, 연인 사이에도, 직장 동료 사이에도. 급하게 친해진 사이는 그만큼 급하게 식어버릴 공산이 큽니다. 시간을 쓴다는 것은 곧 정성을 쏟는다는 것입니다. 같이 밥을 먹는 것도, 카페에서 고민을 들어주는 것도, 술 한 잔에 위로를 부어주는 것도, 간식을 나누어주는 것도, SNS에 생일 축하 글을 남기는 것도, 모두 시간이 필

요하고 정성이 있어야 가능한 일입니다. 천천히, 꾸준히 지속
되어 온 관계는 쉽게 끊어지지 않습니다.

여러분에게도 비밀을 나눌 수 있는 여우가 있나요? 없어도
너무 슬퍼하진 마세요. 아직 서로에게 길들여지고 있는 것 일
테니까요. 저는 성격 상 많은 사람들과 쉽게 친해지지 못합니
다. 친해져도 오래 떨어져 있거나 연락이 뜸하면 금방 데면데
면 해집니다 이기적이고 나약하다고 스스로 자책도 많이 했
습니다. 그러나 시를 쓰면서 여우의 말을 가슴에 새기고 이렇
게 생각하기로 했습니다.

모든 인연을 잡을 수 없어도 괜찮다고.

다만 내가 시간을 들여 정성을 다한 사람들만 남아도 좋다
고.

남아있는 그들에게 기꺼이 내 황금빛 털을 내어주겠노라
고.

기억
-별과 기억 사이

무심코 올려본 하늘엔

아득한 과거의 눈빛들

아니 소중한 것이 없습니다

저들도 언젠가 사라짐은

무척이나 얄궂은

시간의 몽니입니다

초승달 끝에

하나씩 메어두고

하나하나 세어봅니다

꿈에서도 다

못 헤일 듯합니다

기억 _김충하

　기억의 종류는 다양합니다. 좋은 기억, 나쁜 기억, 슬픈 기억, 놀란 기억……. 여러 감정과 결부된 기억들은 시간이 흐르면서 망각됩니다. 유난히 깊이 각인된 기억은 구체적인 모습이 흐릿해져도 비슷한 상황에서 불쑥불쑥 튀어나오기도 하죠. 전혀 뜻밖의 장소에서 멈칫한 일들이 종종 있었습니다. 특히 별이 뜬 밤하늘 아래에서 그런 일이 많았습니다.

　한때 천문학자를 꿈꿨던 저에게 별은 특별합니다. 여러 측면에서 흥미로운 대상이거든요. 갈 수 없는 미지의 공간이며, 외계 생명체가 살고 있을 것 같기도 하고, 하나씩 이으면 별자리가 되기도 합니다. 무엇보다 흥미로운 점은, 지금 보는 별빛이 사실은 과거의 빛이라는 것입니다. 어쩌면 이미 죽어있을지도 모를 별의 잔상을 보고 있을 수도 있다는 사실. 광년이 만들어낸 역설이죠.

기억과 별의 접점은 어디일까요? '사라짐'에 있을까요? 적어도 저에게는 그렇습니다.

저는 3학년 1학기까지 학교를 다니다 남자 동기들에 비해 늦게 입대를 했죠. 재학하며 과 행사에 적극적으로 참여했었던 터라 더 이상 참여하지 못하게 되어 아쉬움이 컸습니다. 사실 입대 전에는 과 사람들과 원만하게 지내왔고 앞으로도 잘 지낼 수 있다는 생각에 종종 가볼까 생각도 했습니다. 입대 후 생각이 바뀌었지만요. 자주 마주치던 사람들도 몇 달 만에 만나니 마치 처음 보는 사람 같은 어색함이 있었습니다. 만나면 편한 사람들과도 막상 얘기를 나누다 보면 교집합이 현저히 줄어들고 있었고요. 이야깃거리가 부족해서 어색함은 더 심해져 갔습니다. 괴리감에 무척 혼란스러웠습니다.

과 생활의 기억들을 돌이켜보면 대부분 좋은 기억이었습니다. 좋은 기억은 가끔 떠올려야 합니다. 그 기억에 메여 있으면 현실감각이 떨어지거든요. 예상치 못한 말실수나 사고는 그럴 때 자주 일어납니다. 그래도 문득 좋은 사람들과의 기억이 떠오르면 일부러 떨쳐내지는 않습니다. 함께 웃고, 한바탕

신나게 떠들다 현실로 돌아옵니다. 지금도 그들을 마주할 때 좋은 기분으로 함께할 수 있어서 기쁩니다.

어른이 된다는 말에 여러 의미가 있습니다. 그 하나는 '낄 때 끼고 빠질 때 빠질' 줄 아는 '낄끼빠빠' 정신을 가지는 것입니다. 어쩌다 끼더라도 잠시 있다가 적당히 빠져주는 것. 과도기에 있지만 그렇게 어른이 되어 갑니다.

미소
-최소한의 사랑

하루가 언제나

익숙한 서론과

밋밋한 본론이어도

결론의 마침표는

네 미소였으면

미소_김충하

'웃는 얼굴에 침 못 뱉는다.'는 말이 있습니다. 왜 일까요? 사
람 얼굴에 침 뱉는 것은 무례한 행동이라 그렇다고 쉽게 넘길

수 있지만, 그래도 한 번 생각해 봅시다. 찡그림에는 불만이 들어있습니다. 상대방이 '침 뱉는' 행동에 버금가는 행위를 했는지도 모르죠. 웃는 얼굴은 불만이 없거나 있어도 숨기고 있는 것입니다. 불만이 없는 경우에는 서로 간에 관계가 우호적이며 갈등의 여지가 없습니다. 불만이 있으나 숨기는 경우에는 관계가 비우호적일 수 있습니다. 하지만 일이나 정치적인 목적을 위해 갈등을 숨기고 웃는 얼굴로 상대를 대하는 것입니다.

살아가며 불만을 숨기고 웃어야 하는 일이 많습니다. 가깝게는 가족, 친구 사이에서 갈등을 일으키고 싶지 않아서 그러기도 하며, 멀리가면 원활한 일의 진행을 위해 근무지나 거래처의 사람들과 좋은 관계를 유지하려고 그러기도 합니다. 억지웃음은 성장의 증거입니다. 어린 아이들은 매우 솔직하죠. 감정을 숨기지 않고 드러냅니다. 그러나 나이가 들어가면서 상대방의 입장, 자신의 목적, 관계 유지 등을 위해 스스로의 감정을 숨기는 법을 배워갑니다. 자존심을 굽히는 일에 익숙해지기도 하고요. 우리는 그렇게 살아갑니다.

사람 사이에서 일어나는 갖가지 갈등에 지치다 보면 의심이 늘어갑니다. 결국 상대방의 모든 행동에 의미를 부여하며 '목적'을 꿰뚫어 보고자 노력하게 됩니다. 주위의 모든 사람이 그저 그런 관계로 전락하고 마음의 문을 닫습니다.

하지만 세상이 아무리 사막처럼 삭막해도 오아시스는 있는 법입니다. 우리는 오아시스 같은 소수의 사람들 덕분에 힘든 일들을 버티며 살아갑니다. 그들 앞에서는 억지웃음을 지으려야 지을 수가 없습니다. 어떤 대화를 해도, 어떤 음식을 먹어도 얼굴은 웃고 있으니까요. 마음에서 우러나오기 때문입니다.

진실한 웃음의 원천은 사랑입니다. 단순히 이성간의 사랑뿐만 아니라 사람 자체에 대한 사랑을 포함합니다. 그리고 웃음은 사랑의 최소한의 표현입니다.

하품처럼 전염되는 것이 웃음입니다. 가끔은 힘들어도 주위의 사람들을 위해 먼저 웃어봅시다. 우리가 그들로 인해 웃었던 만큼 자주가 아니라도 어떤가요. 웃음으로 전염되는 것은 웃음만이 아닙니다. 사랑이, 위로가, 손길이 전염됩니다. 똑같은 일상을 누군가의 웃음과 함께 끝낼 수 있음은 상당한 행운입니다.

청춘
-하늘보다 푸른색

하늘이

너무 파래서

눈부신 푸름을 잊었다

청춘은

하늘보다

푸른가 보다

청춘 _김충하

어두운 터널을 지나 갑자기 밝은 빛을 보면 눈이 부십니다. 너무나 밝기 때문이죠. 맑은 날의 파란 하늘은 푸름을 잊게 합니다. 소중하지 않아서 잊힌 것이 아닙니다. 하늘이 눈부실 정도로 푸르렀기 때문입니다.

많은 어른들이 청춘을 그리워합니다. 당신들의 청춘에 하지 못한 것들을 생각하며 의욕 없는 젊은 세대에게 그때가 아니면 하지 못함을 강조합니다. 하지만 청춘들은 스스로가 청춘인지 알지 못합니다. 어른들은 젊은이들에게 '자신들의 과거에 갇혀 현실에 맞지 않는 것을 강요하는 꼰대'가 되고, 젊은이들은 어른들에게 '충고를 듣지 않는 버릇없고 철없는 애들'이 되어버립니다.

젊은 세대의 일원으로서 그리고 청춘을 지나고 있는 한 사람으로서 생각해보면, 지금이 청춘인 것 같기는 한데 잘 실감나지는 않습니다. 단순히 청춘의 푸름에 눈이 멀어서가 아닙니다. 보이지 않는 미래의 어둠에 잠식당한 탓인 듯도 합니다.

가끔씩 청춘이라고 느낄 때는 어김없이 시를 쓸 때입니다. 꿈. 어쩌면 꿈이 청춘을 결정해주는 척도인지도 모릅니다. 나이에 상관없이 꿈을 꾸고 이루기 위해 노력하는 사람들에게는 하나같이 청춘이라는 말이 어색하지 않습니다. 그리고 보면 청춘, 젊음, 꿈은 모두 비슷한 이미지를 가지고 있네요. 젊어지기 위해서는 꿈을 꿔야 하고, 꿈을 이루기 위해 노력하는 시간이 청춘인 것은 아닐까요.

저도 청춘을 지나고 나면 여느 어른들처럼 그리워하게 될 것 같습니다. 지금도 좀 더 어렸을 때 했었다면 좋았을 일들을 생각하며 후회하고 있거든요. 나중에 좀 덜 후회하기 위해서라도 더 열심히 살아야겠습니다. 당장은 시를 쓰고 책을 쓰는 일 뿐만 아니라, 교사가 되기 위해서도 최선을 다해야 합니다. 누구보다 빛나는 청춘을 살았다고 떳떳하게 말할 정도는 아니더라도, 청춘이 없었다고 말하고 싶진 않습니다. 그러기 위해 오늘도 시를 쓰고, 책을 쓰고, 공부를 합니다. 하늘보다 더 푸른 청춘을 위해서.

시간의 사랑법
-츤데레 사랑

간절히 바라면 무심히 스쳐가고

무던히 놓으면 유유히 흘러가는

역설이 가득한 당신의 사랑법

생명이 다할 때에는 간절히 바라도

유유히 흘러가주오

지난 일들에 눈 맞춤하고 가도록

한 번만 다르게 사랑해주오

시간의 사랑법 _김충하

시간이 사람이라면 그의 사랑법은 틀림없이 '츤데레'일 것입니다. 시간은 즐겁고 오래하고 싶은 일을 할 때는 가차 없이 흘러가버립니다. 반대로 하기 싫거나 귀찮은 일을 할 때는 그렇게 느리게 갈 수가 없습니다. 마음 상태에 따라 다르게 느끼는 것이겠지만, 시간은 츤데레가 분명합니다.

그래도 한 번쯤은 반대로 사랑해주었으면 좋겠습니다. 생명이 다할 때만큼은 지나온 날들과 사랑하는 사람들의 얼굴을 한 번이라도 보고 갈 수 있도록 연못의 물처럼 흐르는 듯 마는 듯 흘러가주었으면 좋겠습니다.

죽음이 임박했을 때 지난 일들이 주마등이나 영화처럼 스쳐간다는 표현을 자주 씁니다. 그 정도는 아니지만 비슷한 경험을 해 본적이 있습니다. 기흉 수술을 할 때였죠. 한두 번일 줄 알았던 수술이 6번이 될 줄은 정말 몰랐습니다. 첫 수술 때는 인생의 첫 전신마취 수술이라 수술 후의 통증이나 후유증 같은 것보다 수술이라는 것 자체가 두려웠습니다. 이후에는 반대가 되었지만.

아직도 수술 전 날의 그 밤들을 잊을 수가 없습니다.

옆구리에 관을 꼽고 등받이를 조금 올려놓은 병상에 누워 있다. 아버지나 어머니가 보호자용 침대에 누워 자고 있다. 불이 꺼진 병실에서 밤늦도록 유일하게 나만 깨있다. 잠이 오지 않는다. 서랍을 뒤져 이어폰을 휴대폰에 꽂고 노래를 듣는다. 즐거운 노래는 듣고 싶지 않다. 잔잔하고 슬픈 노래를 고른다. 감기지 않는 눈을 억지로 감고 깜깜한 배경에 가사를 띄워본다. 아프다. '내일이 오면 괜찮아지겠지.' 생각하며 그 후에 할 일들을 생각해본다. 한참 해야 할 일들을 꼽아보다 문득 가족과 친구들의 얼굴이 떠오른다. 평범한 일상의 순간들이 하나 둘 지나간다. 분명 다시 돌아갈 날들인데 혹시라도 못 돌아갈까 봐 두렵다. 아무리 간단해도 수술은 수술이다. 죽음을 생각해본다. 재생 목록은 한 바퀴를 돌았다. 링거를 꽂은 손으로 힘없이 이어폰을 빼고 억지로 잠을 청해본다.

그런 밤이 6번 있었습니다. 그 밤들의 시간은 하나같이 느렸죠. 수술이 싫었던 걸까요. 고통에서 구원해 줄 유일한 길이었지만, '혹시나 잘못 될 수도 있다'는 두려움이 컸습니다. 수술이 싫다기보다 무서웠습니다. 그냥 무서웠습니다. 마취약에 몸을 맡기고 눈을 감았다 뜨면 모든 게 끝나는 일이었지만, 그 눈을 혹시라도 못 뜰까봐 무서웠죠. 다행히 6번의 수술은 모두 잘 지나갔습니다.

시간은 앞으로도 츤데레 같이 사랑하겠지만, 생명이 다하는 날에는 6번의 밤들처럼 천천히 갔으면 좋겠습니다. 그때는 아파도 아파하지 않아야겠습니다. 그 끝에 영원한 해방이 주어질 테니까요.

상실
─사랑의 끝에 대하여

네 손의 온기를 따라 걷다가

문득, 겁이 났다

언젠가는 반드시 잃을 것 같아서

미세한 떨림에 힘을 준다

알면서도 잃기 싫었다

상실 _김충하

영원한 것은 없습니다. 어릴 땐 믿지 않았지만 나이가 들어가면서 믿게 되었죠. 사랑도 마찬가집니다. 이별이든 사별이든 어쨌든 끝은 있습니다. 진짜 사랑하는 사람을 만나면, 헤어짐을 머리는 이해하지만 가슴은 이해하지 못합니다. 끝이 없을 것 마냥 영원히 사랑하리라 다짐합니다. 두 사람이 노력해서 서로의 부족한 점을 채워주며 시간이 지나도 변함없는 사랑을 하는 사람들에게는, 특별한 사건이 없는 한 이별은 두 사람의 사전에 없는 이야기입니다.

하지만 사람들은 간혹 사랑에 경중을 잽니다. '내가 더 많이 사랑하는 것 같다'는 기분은 종종 비참함과 서러움을 몰고 옵니다. 한 쪽 무게추의 무게를 극복하지 못하면 이별은 찾아옵니다. 이어지는 시간은 고통과 시련의 연속이죠. 끝이 없으리라 믿었던 것에 끝이 있음을 발견하는 것은 견디기 힘든 상처입니다.

개인적으로 톡 건드리기만 해도 눈물을 쏟을 것 같은 슬픈 사랑이야기를 좋아합니다. 그래서 일본 멜로 영화에 매료되었습니다. 지금까지 본 일본 멜로 영화는 몇 편 안되지만, 하나같이 볼 때마다 눈물이 나거나 목이 메어 혼이 났습니다. 그리고 후유증에 빠져 며칠을 영화에서 헤어 나오지 못했습니다. 사실 이야기 구성이나 플롯은 비슷비슷합니다. 어느 포인트에서 서로가 사랑에 빠지는지, 누가 죽는지 정도는 영화 초반에 대충 감이 오죠. 그리고 감독이 어느 부분에서 관객들의 눈물을 쏙 빼기 위해 사력을 다했는지도 알 수 있습니다. 그렇지만 좋습니다. 같은 영화를 몇 번을 돌려봐도 좋은 걸 보면 확실히 마니아라고 말할 수 있습니다.

이제껏 본 일본 영화들의 공통점은 모두 죽음이 깔린 사랑 이야기라는 것입니다. 사랑과 죽음 이야기 앞에서 그 누가 마음이 안 흔들릴 수 있을까마는 유난히 더 깊고 세차게 흔들립니다. 제가 추구하는 사랑이 그런 사랑인 것 같습니다.

소중한 것 일수록 잃기 전까지 소중함을 모르는 경우가 다분합니다. 영화들은 사랑의 소중함을 눈물을 쏙 빼놓은 자리에 새겨놓습니다. 죽음은 언제 어디서 닥칠지 모르니 순간순간 진심으로 사랑하라고 가르칩니다. 다는 아니지만 사랑의 소중함을 어느 정도는 알 것 같습니다. 조금 더 관대하게, 있는 그대로의 모습을 사랑하다보면 소중함의 깊이는 더 깊어질 것입니다. 소 잃고 외양간 고치지 말고 어차피 잃을 소라도 듬뿍 사랑해주어야겠습니다.

밤과 달과 별과 시
-별과의 러브스토리

새벽의 형태소와

아침의 음운과

오후의 문장이

저녁의 시로 태어나면

호꼼히 손톱 달에 기댄

마실 나온 별에게 들려준다

오늘도 죽지 않았노라고

별 볼일 없어서

별 볼 시간을 기다린다

별 하나마다

시를 써본다

밤과 달과 별과 시 _김충하

별은 참 아름답습니다. 비록 도시의 불빛들 사이에서 간신히 숨을 내쉬는 모습들만 보는 일이 많지만 그럼에도 아름답습니다. 어느 계절의 별이라도 모두 아름답지만, 특히 겨울에는 더 예쁩니다. 겨울은 다른 계절에 비해 밤하늘에 구름이 없는 날이 많고 더 많은 별을 선명하게 볼 수 있습니다. 차가운 바람에 흔들리는 별빛을 보다보면 내가 추워서 떨고 있는지 별이 떨고 있는지 헷갈릴 때가 있습니다.

언제부터 별을 사랑하게 되었을까요? 최초로 별을 좋아하게 된 사건은 기억나지 않지만, 별을 더 사랑하게 된 순간은 기억납니다. 지금도 잊을 수 없는, 2009년 호주 밤하늘에 떨어진 별똥별을 보았던 날이었습니다. 운이 좋았죠. 2009년, 다니고 있던 영어 학원에서 소수의 장학생을 뽑아 호주 현지 학교를 1달간 다니며 홈스테이를 할 기회를 주었습니다. 내성적인 성격과 낯선 환경에 던져지는 모험이 싫었던 저는 한사코 반대했지만 어머니는 기어코 지원해보라고 하셨습니다. 어떻게 하다가 결국 선발되었고, 호주 New South Wales주 Grafton이라는 마을에서 한 달을 지내게 되었습니다. 처음으로 가보는 외국은 아니었습니다. 그전에도 일본, 베트남을 가보았지만 느낌이 달랐습니다. 영어를 주로 사용하는 국가라서 그랬었는지, 비행기를 오래 타서 그랬는지, 아니면 가족과 떨어져 혼자 가는 여행이라 그랬던지, 기분이 묘했습니다. 같이 간 또래 친구들과도 난생 처음 보는 사이라 낯설었죠.

홈스테이를 했던 집은 그 마을 목사님인 션(Sean)의 집이었습니다. 그곳엔 션의 아내 조안(Joan)과 그들의 장남 에반(Evan), 차남 셰넌(Shannon), 막내 케이틀린(Kaitlin)이 살고 있었습니다. 이젠 흐릿한 장면들로 남아있지만, 집은 참 멋있었습니다. 목조 건물에, 잔디로 된 마당이 있었고, 부엌 옆에는 테라스가 있었으며, '침침'이라는 이름을 가진 작은 치와와가 있었습니다. 모든 게 한국에서의 생활과는 달라서 낯설었지만 이내 적응했습니다.

호주에서 한 달을 보내며 그곳의 많은 것을 사랑하게 되었습니다. 수업 중인 교내로 캥거루들이 뛰어 들어왔던 장면, 주말마다 열렸던 바비큐 파티, 큰 파도가 일었던 눈부신 푸른 바다, 테라스에서 따뜻한 햇볕을 맞으며 책을 읽었던 날들. 그 장면들 모두 사랑스럽고 좋은 기억이지만, 가장 가슴 깊숙이 남아 있는 기억은 따로 있습니다.

그 날은 주말이었습니다. 같이 호주에 갔던 한국인 친구가 홈스테이 하던 집에서 바비큐 파티를 하고 밤이 되어 선의 집으로 돌아오는 길. 그의 차에서 내리는데 밤하늘에 별이 가득했습니다. 쏟아질 것 같이 많았죠. 가로등이 하나도 없어서 더 많아 보였습니다. 집으로 들어가려던 찰나, 세넌이 하늘을 보라고 외쳤습니다. 별똥별이 떨어지고 있었거든요. 난생 처음 보는 황홀한 장면이었습니다. '별똥별을 두 눈으로 직접 보게 되다니!' 라고 속으로 외치며 입으로는 '원더풀, 뷰티풀'을 연발

했습니다. 아름다웠어요. 별을 더 사랑하게 된 것은 그때부터였습니다.

한국에 돌아와서 당장 망원경부터 샀습니다. 저렴한 조립 형식의 종이 망원경이었지만. 초점이 잘 맞지 않아서 별보다 달을 더 많이 볼 수밖에 없었지만 그래도 좋았습니다. 달도 별도 모두 가슴을 뛰게 했습니다. 그래서 천문학자가 되고 싶었죠. 꿈이 바뀌었지만 아직도 별은 꿈과 같은 존재입니다.

다시 돌아갈 수 있을지 모르겠지만, 돌아갈 수 있다면 별똥별이 떨어지는 호주의 캄캄한 밤하늘을 보고 싶습니다. 그 장면을 배경으로 쓸 시에는 '죽으면서도 아름다움을 남기고 죽는 별을 나는 영원히 사랑할 것'이라고 적을 것입니다.

제3부
하루쯤은 그래도 괜찮아

꿈-4.
―네 번째 정의

[명사]

뒤집으면 실현

되는 현실이란 단어

따위가 막아서기에는

품은 이의 간절함이

서글퍼지는 것

꿈-4. _김충하

이 시는 대학교 2학년 가을시전 출품작으로 썼습니다. 꿈에 대해 쓰고 싶어서 오랜만에 사전을 펼쳐보았죠. 표준국어대사전에 따르면 꿈의 정의는 다음과 같습니다.

[명사]
1. 잠자는 동안에 깨어 있을 때와 마찬가지로 여러 가지 사물을 보고 듣는 정신 현상.
2. 실현하고 싶은 희망이나 이상.
3. 실현될 가능성이 아주 적거나 전혀 없는 헛된 기대나 생각.

세 가지 모두 우리가 평소에 알고 있는 일반적인 설명입니다. 수긍하긴 했으나, 뭔가 부족한 느낌을 떨칠 수 없었습니다. 그래서 (사전에 실리진 않겠지만) 제가 생각하는 꿈의 정의를 하나 추가해보기로 했습니다.

꿈을 가로막는 가장 큰 벽은 현실입니다. 영화나 드라마에서 꿈'만' 쫓아가는 사람들에게 주위 사람들은 "현실과 타협 할 줄도 알아야 한다."고 충고하죠. 꿈을 몽땅 포기하라는 의미는 아니지만, 가슴 아픈 말입니다. 현실은 곧 경제력입니다. 경제력을 갖추기 위해선 생산성이 높은 일을 해야만 하고요. 그러다 보면 비생산적인 꿈을 위한 일에는 관심이 시들해집니다. 그리고 잊어집니다.

학창시절 내내 우리는 생활기록부 상에서 '장래희망'을 '꿈' 대신 사용해왔습니다. 그리고 그곳에 거의 다(아마도 모두가) 직업을 적었죠. 저 역시 과학자, 로봇공학자, 국어 교사를 적었으니까요. 다 지나고 나서야 문득 '왜 장래희망이 무조건 직업이어야만 할까?', '인생의 목표 같은 것은 장래 희망이 될 수 없는 걸까?' 고민하게 되었습니다. 정말 그렇습니다. 제 인생 목표는 이름이 박힌 시집 내기였습니다. 그때는 장래 희망에 시집 출판을 적을만한 용기가 없었습니다. 모두가 직업을 적는 암묵적인 규칙 속에서 혼자 튀고 싶지 않았거든요. 부모님과 담임선생님께 내보이고, 긴 말로 설명할 자신도 없었습니다. 현실 앞에서 꿈을 숨겨야만 했습니다.

모두가 꿈을 꾸지만 나이가 들어가면서 하나, 둘 현실과 타협한다는 명분으로 잊어갑니다. 안타깝습니다. 너무나도. '현실'은 뒤집으면 '실현'이 됩니다. 어떤 계기가 되었든 꿈을 실현해가다 보면 결국 현실이 되지 않을까요? 처음에 꿨던 꿈이 실패하더라도, 다른 꿈으로 옮아 새로운 길을 열어줄 수도 있습니다. 꿈의 힘은 무궁무진하죠. 이 땅의 모든 꿈꾸는 이들을 응원하며 사전에 네 번째 꿈의 정의를 새겨넣어봅니다.

[명사]

1. 잠자는 동안에 깨어 있을 때와 마찬가지로 여러 가지 사물을 보고 듣는 정신 현상.

2. 실현하고 싶은 희망이나 이상.

3. 실현될 가능성이 아주 적거나 전혀 없는 헛된 기대나 생각.

4. 뒤집으면 실현되는 현실이란 단어 따위가 막아서기에는 품은 이의 간절함이 서글퍼지는 것.

그림자
-힘든 날의 기록

세상의 따가운 햇빛 들은

온통 내가 맞을 테니

너에게는 오로지

그늘이 주어졌으면 좋겠다

힘든 나대신

너라도

행복했으면 좋겠다

그림자 _김충하

하루 종일 한가한 날이 있는가 하면 쉴 시간 없이 바쁜 날도 있습니다. 하루가 빨리 지나가길 바라지만 유독 시곗바늘은 그런 날에만 더 정직하게 흘러갑니다. 일을 끝내고 집에 도착하면 그냥 침대에 쓰러지고 싶습니다. 그래도 피부를 위해 귀찮음을 무릅쓰고 세면대로 갑니다.

사회복무 기간 중 기관 지도점검이 다가와 바쁘던 어느 날이었습니다. 문득 그림자를 보며 '그림자도 힘들겠다.'는 생각을 했죠. 하루 종일 따분한 일만 하는 저를 따라다녀야 하는 처지가 가여웠습니다. 그래서 그림자라도 덜 힘들었으면 좋겠다는 마음을 담아 시를 썼습니다.

대학을 다니면서 가장 바쁠 때는 중간고사와 기말고사 사이 시간입니다. 각종 과제와 기말고사 준비를 한꺼번에 해야 하기 때문이죠. 과제가 1~2개면 말도 하지 않습니다. 평균 6~7개 수업을 듣는데, 듣는 수업마다 과제가 2개 이상 씩 생기니 죽을 노릇입니다. 리포트 쓰랴, 조별발표 준비하랴 정신 차릴 틈이 없습니다. 그러다 보면 어느새 기말고사기간이 다가오고, 몇 번의 밤샘을 지나면 방학이 옵니다.

사회복무를 하면서 가장 바빴던 때는 기관 지도점검 기간이나 연말 서류 편철 기간이었습니다. 복지시설에서 근무하긴 했지만 주 업무가 행정보조였기에 피할 수 없었죠. 주로 했던 일은 문서 편철과 각종 일지 및 문서 라벨링 작업이었지만, 그 수가 어마어마했습니다. 복무 1년차 때는 아무것도 모르고 속수무책으로 대비할 수밖에 없어서 정말 힘들었습니다. 일을 끝내도 계속 일이 쌓여만 갔죠. 그래서 지도점검 기간에는 일주일 전부터 눈 코 뜰 새 없이 바빴습니다. 연말 편철도 그랬죠. 1년 간 쌓인 문서들을 분기나 월별로 모아 편철하고 표지에 라벨을 다는 작업은 생각보다 시간이 엄청나게 걸립니다. 1년 차에는 처음해보는 거라 더 속도가 느렸습니다. 시간이 지나면서 나아지긴 했지만요.

 앞으로 직업을 갖게 되면 더 힘들고 바쁜 날들이 많아질 것입니다. 그때는 그때 나름의 일들에 빠져 허우적대겠지만, 행복했으면 좋겠습니다.

 그림자도, 나도.

불꽃
-희망을 불사르는 꽃

부서지는 온몸이

어둠을 깊숙이 찌르는

찬란한 파편이라면

온몸을 태워도 좋겠다

불꽃 _김충하

불꽃은 어떤 형상을 하고 있어도 아름답습니다. 손에 들려 빛을 토하는 불꽃. 축제나 놀이공원 퍼레이드의 하이라이트를 장식하는 불꽃. 모두 아름다웠지만, 기억 속에서 가장 선명히 남은 것은 제주도 밤바다에 핀 불꽃이었습니다.

대학교 졸업여행으로 갔던 제주도 여행은 저에겐 큰 도전이었습니다. 기흉 수술을 하고 나서 처음으로 비행기를 탔기 때문입니다. 기흉이 생기기 전까지는 외국 여행을 많이 다녔습니다. 수술 이후에는 가족들이 해외여행을 가자고 해도 가지 않았죠. 혹시라도 비행 중에, 혹은 외국에서 폐포가 터지면 답도 없다고 생각했습니다. 기술이 좋아져서 비행기체내의 압력이 자동으로 조절 된다고는 하지만, 여전히 일부 기흉 환자들은 비행 중에 기흉이 발발하는 일이 왕왕 있기에 비행기를 타는 것이 무서웠습니다.

3년을 버티다 제주도는 국내이기도 하고 총 비행시간이 1시간 정도니까 도전해보기로 했습니다. 이륙할 때 비행기에서 가장 긴장한 사람은 틀림없이 저였겠지요. 조마조마했습니다. 비행기가 정상 고도에 진입하고 안정을 찾았을 때, 긴장이

풀렸습니다. 옆자리에 같이 앉았던 친한 과 선배에게 괜히 창가에 이것저것을 가리키며 귀찮게 굴었습니다. 3년 만에 확인한, 비행기를 타도 폐가 괜찮다는 사실에 들떴기 때문이죠.

그렇게 제주도에서 여기저기 돌아다니며 두 분의 지도교수님과 선배, 동기들과 시간을 보냈습니다. 정확히 며칠 째 밤이었는지 기억나지 않지만, 숙소에서 나와 동기 몇 명과 여자친구와 함께 가까운 편의점에서 불꽃놀이 세트를 산 뒤 밤바다로 향했습니다.

여러모로 특별한 여행이어서 그랬는지, 별이 많은 제주도의 밤바다여서 그랬는지는 모르겠지만 그날의 불꽃은 세상 그 어떤 불꽃 보다 아름다웠습니다. 크지도 않고 지속된 시간도 짧았지만. 기나긴 기흉 트라우마에서 조금이나마 벗어났기에 감흥이 더 했습니다. 희망이 느껴졌습니다.

저는 좋게 말하면 긍정적인 사람이고, 나쁘게 말하면 낙관적인 사람입니다. 스트레스를 피하기 위한 방어기제가 강한 탓이죠. 어떤 일에서도 희망을 발견하려고 몸부림 치고, 어떤 사람들에게서도 배울 점이 있다고 믿습니다. 불꽃에서 희망을 떠올린 것도 그런 방어기제의 일환이었을 것입니다.

〈선인장 꽃〉, 〈무화과〉, 〈불꽃〉. 세 작품 모두 꽃이 들어갑니다. 저는 꽃이란 소재를 활용할 때 줄곧 희망이나 긍정적인 사람이 되고픈 소망을 담아내는 경향이 있습니다. 꽃을 보면 무의식적으로 그런 생각을 하는 것 같네요. 단지 꽃이 예뻐서 그런 것이 아닙니다. 작은 씨앗이 꽃을 피우기 위해 노력했을 그 수많은 시간을 알기 때문입니다. 지켜보는 사람에겐 한 계절일지 몰라도, 그에겐 평생이니까요.

억지인 감이 있지만 불꽃도 어쨌거나 꽃은 꽃이라고 생각합니다. 불꽃같은 사람이 되고 싶습니다. 정열적이고 파워 넘치는 불꽃이 아니라 자신의 몸을 불살라 어둠의 속살 깊숙이 희망의 불씨를 찔러 넣는 불꽃이고 싶습니다. 그런 불꽃이라면 인생을 바쳐도 후회하지 않을 것입니다.

야경
좁은 인간관계를 위하여

데생긴 마음은

곁에 있는 모두를 잡지 못하므로

흘러갈 사람들은

흘려보내자

나를 위해서

살기 위해서

밤의 강물을 머금은 마음이

야경을 흔든다

야경 _김충하

인간관계는 어렵죠. 관계 맺기는 쉬워도 오랫동안 유지하는 것은 쉽지 않습니다. 개인의 성격에 따라 다를 수도 있지만 제게는 굉장히 힘든 일입니다.

어릴 때부터 그랬습니다. 눈치를 많이 보는 성격은 입을 다물게 만들었죠. 자연스레 인간관계의 폭은 좁아졌고, 소수의 사람과 깊은 관계를 맺는 것을 선호하게 되었습니다. 초등학교 때부터 고등학교에 이르기 까지 같은 반이 되었던 수많은 친구들 중에 지금까지 연락하는 친구는 손에 꼽을 정도입니다.

눈치를 많이 보는 것은 유년시절 엄격하게 대하셨던 부모님의 영향이 큽니다. 교사인 부모님은 유난히 남들 앞에서 얌전한 모습으로 있는 것을 원했거든요. 기억이 남아있는 순간부터 생각해보면 공공장소에서 한 번도 뛰어다닌 적이 없습니다. 마트에서 여느 아이들처럼 갖고 싶은 장난감을 사달라고 떼 쓴 적도 없고요. 기억의 왜곡일 수 있지만 생각나는 한 그렇습니다. 동생이 태어난 후 부터는 그런 성격이 더 심해졌죠. 인정욕구가 강해서 부모님의 칭찬에 목말랐던 것 같습니다.

엄격한 부모님의 교육에는 장점과 단점이 있었습니다. 그리고 곧 그것은 저의 장점과 단점이 되었죠. 장점은 남들 앞에서 튀지 않는 법을 본능적으로 깨우쳤다는 것입니다. 웬만하면 사람들은 저에게 아예 관심이 없거나, 나쁘지 않은 사람 정도로 기억하는 것 같습니다. 또 의견을 드러내기보다 상대의 의견을 더 듣는 습관이 생겼습니다. 덕분에 같은 일에 대해서도 세상 사람들의 생각이 많이 다르다는 것을 깨달았습니다.

단점은 먼저, 사회성이 부족해졌다는 것입니다. 너무 남들의 눈치를 보다보니 말수가 적어지고, 불편한 관계를 못 견디게 되었습니다. 남들과 갈등 관계에 놓이는 것을 극도로 싫어해서 갈등이 생길 기미가 보이면 그 상황을 아예 회피해버립니다. 미움 받을 용기는 당연히 없었죠. 그리고 어떤 문제에 대한 의견을 드러내지 않아서 주관이 뚜렷하지 않게 되었습니다. 개성도 사라졌습니다. 농담은 정말 친한 사이의 친구가 아니면 절대 하지 않았고, 그러다보니 재미없는 사람이 되었습니다.

곁에 남아 있는 몇 안 되는 친구들은 인내심이 대단한 사람들입니다. 사회성이 부족한 저와 친구를 해주고 있다는 것만 해도 정말 대단합니다. 이상한 것에 고집이 세고, 생각이 그리 깊지 않아서 말도 잘 못하고, 술도 잘 못 마시고, 담배도 안 피고, 결정적으로 재미도 없고. 그래서 곁에 남아 있는 친구들은 죽을 때 까지 잘 챙겨야 할 인연입니다. 이들마저 잃으면 제게는 아무도 남지 않거든요.

이런 저도 여러 사람들과 좋은 인연을 맺고 싶은 것은 어쩔 수 없습니다. 하지만 마음이 담기지 않은 가식적이고 형식적인 연락은 초반에 친해지는 단계에서만 할 뿐, 이후에는 잘 하지 못합니다. 지속적으로 만나는 사람들은 자주 봐야하니까 의식적으로 잘 하려고 노력합니다. 이기적이지만 간헐적으로 만나는 사람들에겐 잘 연락을 하지 않습니다. 그러다 보니 많은 사람들이 떠나갔죠. 크게 싸우거나 안 좋은 감정으로 떠나간 것이 아니라 그냥 자연스럽게 멀어졌습니다. 지금 옆에 있는 사람들 중에서도 그렇게 떠나보낼 사람들이 많을 것입니다. 성격상 잡지 못합니다. 그저 좋은 기억으로 남길 바랄뿐이죠.

어떤 발악을 해도 결국 갈 사람은 가고 남을 사람은 남습니다. 조금 더 저를 드러낼 수 있는 자신감을 가졌으면 좋겠습니다.

바다, 너의 온도
-갈등과 온도의 관계

한 발의 다가섬에

입술은 파래지고

숨이 멎을 듯 했다

꼬빡 가슴까지 잠긴 나는

깊고 파란 심호흡을 뱉었다

턱밑까지 잠긴 나는

이내 온전히

너의 온도가 되었다

가끔

너의 바다는 차가웠다

바다, 너의 온도 _김충하

여름엔 모든 것이 뜨겁습니다. 불어오는 바람, 쏟아지는 햇빛, 맞잡은 손, 도로, 손잡이. 한여름엔 뜨겁다 못해 녹아 버릴 것 같습니다. 그래서 여름 바다는 완벽한 피난처입니다. 모래와 공기가 아무리 뜨거워도 바다는 시원하다 못해 차갑습니다. 파도에 발만 담가도 더위는 먼 나라 이야기입니다. 본격적인 물놀이를 하려면 심장 마사지는 필수이고요.

사람 사이의 관계가 아무리 뜨거워도 가끔은 바다처럼 차가울 때가 있습니다. 연인, 친구, 가족, 직장 동료를 불문하고. 사람마다 좋아하는 것과 싫어하는 것이 다르고 성격이 다르기 때문에 갈등은 반드시 생깁니다. 미묘한 신경전, 사소한 말다툼. 산다는 것은 인생 도처에 널린 갈등을 넘고 넘어가는 여행

인지도 모릅니다.

갈등의 시작에는 감정이 있습니다. 아무리 이성적인 사람이라도 감정이 먼저 개입하는 것은 본능이죠. 지나가는 말이나 농담, 손짓과 행동, 목소리와 걸음걸이조차도 불씨가 될 수 있습니다. 사람에 대한 호감과 비호감은 그런 뜻밖의 지점에서 갈리기도 합니다. 갈등의 원인을 누가 제공했던 간에 대부분의 이유는 소통 문제입니다. 사소한 오해와 실수가 반복되면 감정이 상하고, 결국 갈등으로 폭발하게 됩니다.

모든 갈등이 불필요하고 나쁜 것은 아닙니다. 서로가 몰랐던 점을 인지하고, 앞으로 서로 조심해야할 지점들을 체크할 수 있기 때문이죠. 긍정적인 관계에서 갈등은 더 나은 관계를 위한 기초공사입니다. 하지만 지속적인 갈등에는 생각보다 큰 문제가 숨어있을 수 있습니다. 하지 말라고 경고의 메시지를 보냈음에도 파열음이 계속된다면 '나'에게도 '상대방'에게도 문제가 있다는 말입니다.

갈등을 극복하려면 상대방의 온도에 적응해야합니다. 뜨거우면 뜨겁게, 차가우면 차갑게. 생각보다 쉽지 않은 일이죠. 온도 조절기에 자존심이 버티고 있기 때문입니다. 자존심을 초월할 수 있다면 일단 첫 단추는 푼 셈입니다. 사랑하는 사람이라면, 아끼는 사람이라면, 극단적인 일이 아닌 이상 자존심은 내려놓는 게 좋은 경우가 많습니다. 이런 말을 하는 저도 잘 하지는 못하지만, 돌이켜 보면 사소한 일에 자존심을 들이대지 않았을 때 갈등은 쉽게 풀렸습니다.

상대방의 온도에 맞춘다는 말은 '공감함'을 말합니다. 나는 뜨거운데 상대방이 차가운 경우가 종종 있습니다. 전혀 예상치 못한 이유로 감정이 상한 상대방을 위해서는 스스로가 온도를 낮춰야 합니다. 비로소 같은 온도가 되었을 때 이야기를 할 수 있습니다. 사랑하는 사람의 한기에는 아무리 추워도 죽지 않죠. 두려워 말고 온도를 낮춰봅시다.

먹구름
-힘든 날을 지켜준 사람들을 위하여

오늘따라 유난히 더

먹빛인 얼굴

하루쯤은 괜찮아

너를 위해 우산 속으로

도망치지 않을 테니

펑펑 울어도 돼

하루쯤은

그래도 괜찮아

내 슬픈 날들을

네가 지켜주니까

먹구름 _김충하

　먹빛의 얼굴을 가진 사람으로 의인화된 먹구름에겐 힘든
일이 있었나 보다. 어떤 날 보다도 유난히 어두운 얼굴엔 말
을 걸 수조차 없는 차가움이 묻어 있었다. 기분이 좋지 않을
때 마다 멀리서 지켜보던 그였기에 의외였다. '나는 한 번이라
도 그가 힘든 이유를 들여다보았을까.' 떠오른 생각에 고민하
다 조용히 손을 내밀었다. 어렵다. 위로는 어려운 일이다. 괜
히 엄한 말을 건넸다가 발생할지 모르는 역효과를 감당할 수
없다. 그래서 손이었다. 거리가 너무 먼 탓일까, 손은 닿지 않
았다. 금방이라도 울 듯 한 얼굴을 어루 만져줄 순 없지만, 다
른 방법을 생각했다. 그래, 우산을 접자. 한 번 쯤은 너의 눈물
에 젖어 들어가도 괜찮다. 옷이야 갈아입으면 되니까. 펑펑 울
어도, 흠뻑 젖어도 괜찮다. 내 힘든 날마다 멀리서라도 지켜준

건너였기에. 오늘 만큼은 우산을 접겠다.

먹구름 낀 날을 좋아하지 않습니다. 비가 오기 때문이죠. 어느 계절이든 비오는 날 특유의 차가움을 좋아하지 않습니다. 버스에 올라 우산을 접을 때, 우산에 묻어있는 비가 손에 묻는 것도 싫습니다. 이런저런 이유들이 겹쳐서 비 오는 날을 싫어합니다.

깊게 생각해보지 않았던 먹구름에 대해서 고민해보았습니다. 비 오는 날을 싫어했던 거지 먹구름을 싫어한 것은 아니었습니다. 비가 올 때 하늘에서 묵묵히 지켜봐 준 것은 먹구름이었죠. 한 번도 생각해보지 않았던 검은 얼굴의 구름을 들여다본 것은 그래서였습니다.

살면서 많은 사람들에게 위로를 받았습니다. 수능과 훈련소 입소 같이 굵직한 일들을 앞두고 받았던 위로와 응원도 기억하지만, 사소한 일에 소모된 감정을 위로 받았던 일들이 좀 더 기억에 남네요. 위로해주는 사람의 세심함이 와 닿았기 때문이죠. 그들은 많은 말보다 손을 내밀었고 어깨를 다독여주었습니다. 그 손엔 따스함이 있었고요. 휘황찬란한 말 속에도 분명히 위로는 들어있지만, 백 마디 말보다 한 번 내밀어준 손이 더 힘이 될 때가 있습니다. 세심하지 못한 저는 그런 사람들을 많이 놓치며 살아왔습니다. 이제부터라도 말없이 손을 내미는 사람을 놓치지 않아야겠습니다.

오늘도 길을 오고가는 사람들의 얼굴엔 먹구름이 가득합니다. 저마다의 힘든 하루를 이고 지나갑니다. 이 세상 모든 먹구름에게 손을 건네 봅니다. 빗물이 묻는다 해도 따뜻함이 전해진다면, 괜찮습니다.

길, 기도
-가장 바른 길이 가장 빠른 길이다

어떤 길을 걸어도

부디 겁에 질리지 않게 하소서

지름길만 찾는

겁쟁이가 되지 않게 하소서

정도(正道)를 걸으면

고통이 가득하겠지만

잊지 않게 하소서

가장 바른 길이

가장 빠른 길임을

잊지 않게 하소서

길, 기도 _김충하

가장 바른 길이
가장 빠른 길이다.

가장 바른 길이 가장 빠른 길이다. 직접 생각해낸 것은 아닙니다. 수강했던 인터넷 강의 강사 분이 강조했던 말이죠.

임용 고시생으로 살아가게 되면 어쩔 수 없이 많은 학원의 강의를 듣게 됩니다. 시간과 여력이 되면 각종 고시의 메카인 서울 노량진에 직접 가서 현장 강의를 들을 수 있지만, 저는 사회 복무를 시작하며 본격적으로 준비하기 시작했기에 선택권은 인터넷 강의 밖에 없었습니다. 인강(인터넷 강의)을 듣기 전에 선배나 동기들로 부터 어떤 강의가 좋은 지 많은 조언을 듣게 됩니다. 문학은 누가 좋고, 문법은 누가 좋고, 교육학은 누가 좋다고 하더라⋯⋯. 그러나 조언은 조언일 뿐. 결국 선택은 샘플 강의를 들어보고 직접 해야 했습니다.

그렇게 듣게 된 강의는 수능을 준비하던 때 듣던 인강보다 훨씬 돈도 많이 들고 시간도 길었습니다. 또한 방식은 대부분 강의식에 주입식이었죠. 다수를 상대해야 하는 강의의 성격상 어쩔 수 없는 선택이었겠죠. 이런저런 강의를 들으며 느꼈지만, 공부 할 양이 정말 많습니다. 강사들은 하나같이 '외워라'는 말을 입에 달고 있었고, 저는 지쳐갔습니다. 그러다 가장 바른 길이 가장 빠른 길이라고 말하는 강사를 만나게 되었습니다.

그 강사 분은 교직에서 10년 넘게 근무하다가 대안학교를 거쳐 인강계에 진입했다고 합니다. 가르친 분야는 국어 문학과 교육론이었고요. 가르치는 방식이 특이했습니다. 다른 강의는 대부분 강사가 요약한 자료를 위주로 수업을 진행하고, 필기하고 외우는 방식이었죠. 그런데 이 강사는 무조건 원문을 읽고 스스로 정리하도록 시켰습니다. 시험이 임박한 일선의 고시생들은 그래서 잘 찾지 않는 강의였습니다. 시간이 오래 걸리기 때문이죠. 다행히 저는 남아나는 게 시간이라 속는

셈 치고 그 방식을 따라가 보았습니다. 인강이라 검사를 맡을 수 없었고 그래서 조금은 스스로를 강제할 수단으로 복학한 남자동기들 몇 명과 스터디를 꾸려 공부법으로 채택했습니다. 한 주 마다 작품을 직접 읽고 스스로가 정리한 뒤 모여서 돌아가며 강의를 했습니다.

효과는 생각보다 컸습니다. 정리를 하기 위해선 어쩔 수 없이 원문을 여러 번 읽어야 했거든요. 그 과정에서 반복 학습이 되었습니다. 또 스터디 멤버들을 위해 설명하려면 내용과 각종 정보를 숙지하고 있어야 했고요. 설명하면서 지식은 완전해졌습니다. 몇 개월이 지나고 나니 작품을 읽고 굳이 정리를 하지 않아도 설명이 가능한 정도가 되었습니다. 눈이 뜨인 것일까요. 공부는 귀납적으로 해야 한다고 강조한 그 강사의 말에 공감하게 되었습니다. 가장 바른 길이 가장 빠른 길이라고 한 그의 말을 더욱 깊이 새겼습니다.

물론 세상의 모든 일을 다 바르게 할 필요는 없습니다. 때로는 지름길로 가도 되는 일들이 분명히 있습니다. 하지만, 전문성이 있어야 하는 일의 경우에는 정도(正道)를 걸어야 합니다. 남에게 영향을 미치는 일이기 때문입니다. 전문성은 반드시 책임과 공존합니다.

바른 길은 느리고 힘든 길입니다. 때로는 돌아가기도 하고, 왔던 길을 왔다갔다 우왕좌왕 할 때도 있습니다. 그러나 그 길 위에서 흘린 눈물과 땀은 결코 배신하지 않습니다. 교훈으로 남죠. 성공과 실패를 가리지 않고 모두. 지름길로 가면 속도를 중시한 나머지 놓치는 것은 많고 남는 것은 별로 없습니다. 벼락치기를 한 번이라도 해보셨다면 아실 것입니다. 목적을 달성하면, 그걸로 끝입니다. 전문직은 '되는 것'이 목표가 되어선 안 됩니다. 그 이후를 생각해야 합니다.

오전, 달
-가끔은 늦잠을 자도 괜찮다

넌 매일

빠르게 달리고 있었어

반쪽이어도 늘 평온했던 얼굴에

없는 줄만 알았던 피곤함은

파란 이불 안에 숨기지 못한

새하얀 얼굴에 있었어

오늘은

늦잠 자도 괜찮아

별들도

이해해 줄거야

오전, 달 _김충하

달은 부지런합니다. 하루도 쉼 없이 지구를 공전하죠. 자전도 하는데, 공전 주기와 자전 주기가 똑같아서 달의 자전을 공주기 자전이라 부릅니다. 그래서 우리는 달의 앞면만을 볼 수 있는 것이죠. 지구의 중력에 의해 한 바퀴 도는 것도 힘들 텐데 빠른 속도로 앞모습만 보여주려면 얼마나 힘들까요.

가끔 오전에 하늘을 올려다보면 달이 익숙한 검은 하늘이 아니라 파란 하늘 속에 있는 경우가 종종 있습니다. 매번 오전에 떠있는 달을 보면 뭔가 있어야 할 곳이 아닌 곳에 있는 느낌을 받습니다. 마치 숨바꼭질에서 술래 뒤에 숨어버린 어린아이 같은.

오전의 달에 대해 쓰려고 여러 방면으로 궁리를 했습니다. '고민이 많아서 밤을 새웠나?', '누군가를 잊지 못해서 오전에도 떠있나? 많은 생각이 뻗쳤습니다. 막상 펜을 드니 깔끔한 전개가 나오지 않았습니다. 다음날 쓸 요량으로 머릿속에 묵혀두었죠. 잠에서 깨자마자 뇌리를 스친 생각은 다름 아닌 '하루쯤은 여유로워도 괜찮아'라는 문장이었습니다. 근무지로 출근을 앞둔 상황에 그런 생각이 떠오른 걸 보면 출근하기 싫은 날이었나 봅니다.

하루쯤은 여유로워도 괜찮다는 말은 나이가 들어갈수록 지키기 어렵습니다. 생계를 위해 하루도 쉬지 못하는 날이 계속되니까요. 스스로가 하는 일을 좋아하면 다행이지만, 대부분의 사람들은 어쩔 수 없이 먹고 살기 위해 맞지 않는 일을 하며 삽니다. 하지만 인간의 본성은 일하는 것보다 노는 것을 추구합니다. 많은 책과 유명인들은 잘 쉬는 것도 능력이라고 하죠. 저는 잘 쉬는 것이 한 사람의 능력을 판단하는 척도로 보기에는 알맞지 않다고 생각합니다. 다만 현명함의 척도는 된다고 봅니다.

여유로움을 누릴 자격은 책임과 의무를 다 할 때에만 주어집니다. 쉴 땐 쉬더라도 스스로가 해야 할 일은 다하고 쉬어야 합니다. 가끔의 여유로운 시간은 삶을 윤택하게 하지만, 모든 시간이 여유롭다면 삶은 파국으로 치닫습니다.

아무리 바빠도 일주일에 하루쯤은 여유로워야 합니다. 나머지 시간을 살아야하니까. 일상을 공전해야하니까. 빠르게 달려야 하니까. 오전에 떠있는 달처럼, 가끔은 늦잠을 자도 괜찮습니다.

제4부
가끔 네게도 그림자가 생겼다

가끔은
-미움 받기보다 사랑받고 싶다

미움 받을 용기가 필요하지만

그래도 사랑받는 사람이고 싶다

겁쟁이라 욕해도

지나가는 바람 한 점마저

사랑해야지

내가 쓰는 한 줄에는

그 누구도 미워하는 마음이 없길

바라본다

가끔은 _ 김충하

가끔은 그저 사랑받고 싶습니다. '미움 받을 용기'가 필요하
지만 가끔은 그냥 사랑받고 싶습니다. 불가능한 걸 알면서도
말이죠.

살면서 많은 사람들을 만나고, 사랑하고, 미워하고, 헤어집
니다. 사람을 미워하는 일은 너무나 힘이 듭니다. 마음이 약한
사람들에겐 특별히 더. 서로 마주치지 않는 사이라면 그냥 관
심을 끊고 살면 되죠. 하지만 계속 마주쳐야만 하는 사이라면
감정을 숨겨야 합니다. 스스로의 감정을 속이는 것엔 생각보
다 많은 열량이 소모됩니다. 한번 미워하게 된 사람에 대한 생
각은 쉽게 바뀌지 않아서 더 힘들고요.

사람들 사이에서 목소리를 내기 위해서는 '미움 받을 용기'

가 필요합니다. 같은 일에 대해서도 저마다의 생각이 다르죠. 그래서 의견을 낸다는 것은 '나는 내 의견에 반대하는 사람들이 있음을 인정합니다.'와 같은 말입니다. 찬성과 반대가 첨예하게 대립하는 문제일수록 사람들은 서로의 의견뿐만 아니라 그렇게 생각하는 사람 자체를 미워합니다. 그럼에도 불구하고 스스로의 의견을 숨기면 안 됩니다. 쓸 데 없는 자존심을 내세우지 않아도 될 사소한 일들은 제쳐두고 소신을 가져야할 문제들에 대해서는 설령 그것이 주류의 생각이 아니더라도 의견을 내야합니다. 사람에겐 생각을 할 자유가 있습니다.

생각해보면 저는 주류의 의견보다 비주류의 의견을 더 쫓아왔습니다. 모두가 소녀시대를 좋아할 때 혼자 2NE1을 좋아했죠. 친구들이 야한 농담을 할 때 저는 불편했습니다. 많은 사람들이 현실을 보라고 할 때 저는 별을 보았습니다. 그 결과 스스로 인간관계의 폭을 좁혀왔습니다. 굳이 친하지 않은 사람들을 쫓아다니지 않게 되었죠. 비주류의 길을 걷고 있지만 의외로 저는 미움 받을 용기가 부족합니다. 될 수 있으면 사람들의 생각 속에 긍정적인 기억으로 남아있었으면 좋겠네요. 비주류이면서 모두에게 긍정적으로 남고 싶은 마음은 평행선처럼 절대 만날 수 없는 두 극단의 욕망인데 말이죠.

　어느 정도의 미움 받을 용기는 분명히 필요하지만, 과하면 재앙입니다. 평생 미움만 받게 되죠. 미움 받을 용기가 없어서 주류를 맹목적으로 따라다니는 삶에도 문제가 많지만, 평생 미움만 받는 삶도 올바른 삶은 아닙니다. 주객전도가 될 위험이 있거든요. 미움 받을 용기는 자신의 의견을 소신 있게 내세울 때 필요한 것입니다. 그것을 내세워 남에게 피해만 주는 말과 행동을 정당화시켜선 안 됩니다.

　모두에게 사랑 받는 것은 불가능한 일입니다. 그렇다고 미워하는 사람들을 같이 미워할 필요는 없습니다. 그저 그런 사람도 있음을 인정하면 되죠. 그리고 서로가 갈 길을 가면 됩니다. 나를 사랑하지 않는 사람들 때문에 소중한 감정과 시간을 소비할 필요는 없습니다. 남들이 절 미워해도, 제가 먼저 세상 사람들을 미워할 일은 없을 것입니다. 꿈꾸며 흔들리는 사람들을 사랑하며 살아야겠습니다.

호수
-희망은 또 다른 희망을 낳는다

움직임은 파동을 일으키고

파동은 움직임을 일으킨다

세상을 위해서 나는

조그만 희망 하나 던져볼밖에

물결 위로 바람이 인다

호수 _김충하

희망은 또 다른 희망을 낳습니다. 지독한 긍정주의자인 저는 희망의 프레임으로 세상을 봅니다. 그래서 그 말을 의심하지 않죠. 책을 많이 읽다가 넘치는 지식을 주체하지 못하고 직접 책을 쓰는 사람처럼, 희망으로 세상을 보다보면 희망을 노래하게 됩니다. 무의식중에 시를 쓰다보면 주제가 희망으로 귀결되는 경우가 많은 것도 우연이 아닌 것 같네요.

유명한 시인들의 좋은 시 중에서도 희망을 노래하는 시가 많습니다. 그 중에서도 이육사의 〈절정〉은 단연 최고라고 할 수 있죠. 중학교 때 처음 만난 〈절정〉의 이미지는 날카로웠습니다. 왠지 모르게 '강철로 된 무지개'는 제게 칼의 이미지로 다가왔거든요. 날카로운 첫인상 뒤에는 가슴이 뜨거워오는 희망이 기다리고 있었습니다. 일제강점기를 살았던 시인의 삶이 말하는 겨울의 의미는 결코 가볍지 않습니다. 북방으로 쫓겨 가 한 발 디딜 곳조차 없는 상황에서도 이육사는 희망을 잃지 않았습니다. 그는 그토록 부정적인 상황에서도 단 하나의 희망인 무지개를 강철로 박제했죠. 소름이 돋지 않을 수가 없습니다.

희망은 성공과 실패에 모두 숨어 있습니다. 우리나라 축구 대표팀의 2002년 월드컵 4강 신화는 16년 전의 이야기이지만 아직도 제게 엔도르핀을 선사하는 강렬한 기억입니다. 선수들의 발끝과 관중들의 함성, 대단했던 거리응원은 어떤 팀을 만나도 지지 않을 것만 같은 희망을 안겨주었죠. 2009년 베이징 올림픽 야구대표팀의 금메달도 같은 기억입니다. 스포츠뿐만 아니라 신체적 어려움을 극복하고 성공한 유명인들의 이야기나, 재능 하나만으로 오디션 프로그램의 우승자가 된 가수들의 경우에서도 성공 속에서 희망을 찾을 수 있습니다.

　　실패에도 희망은 분명히 존재합니다. 그것은 반면교사로서의 희망이죠. 부덕하고 비윤리적인 대상이 몰락할 때 사람들은 새로운 희망을 발견합니다.

　　하나의 파동이 또 다른 파동을 불러오듯이, 끊임없이 희망을 던져서 작은 희망이라도 불러일으킬 수 있다면 그것을 노래해야겠습니다. 제가 세상을 위해서 할 수 있는 일은 내일 세상이 멸망해도 한 그루 사과나무를 심으려던 스피노자처럼 작은 희망의 노래를 쓰는 일이 아닐까요.

조화
-죽음으로써 이룩한 삶

분명한 죽음인데

한 쪽 모퉁이가 덜 찢어져

눈에 밟히는 달력처럼

자꾸만 가는 눈길

너는 죽음으로

삶을 요약하고 있구나

조화 _김충하

조화는 분명히 죽어있었습니다. 카페 한 쪽 벽 앞에 인테리어 소품으로 서있던 모습에서 뜻밖의 서늘함을 느꼈습니다. 시를 쓰기 전에는 그저 예쁘다고만 생각했는데, 몇 시간을 고민해보니 쉽게 얘기할 수 있는 생명이 아니었죠. 조화는 죽었기에 살고 있었거든요.

사람들 중에서도 조화처럼 죽음으로써 삶을 사는 이들이 있습니다. 종교인, 성군(聖君), 작가, 소설가, 화가, 시인, 가수, 피아니스트, 작곡가, 철학자, 과학자, 발명가 등. 이들은 저마다 자신만이 할 수 있는 일을 했습니다. 스스로의 능력을 믿었고, 그들만이 보여줄 수 있는 것을 보여주었습니다. 그들은 확고한 신념과 철학을 가졌고, 결과물엔 그것이 깃들어 '개성'이 되었죠. 개성은 각 분야에서 하나의 패러다임을 제시했습니다. 수많은 재창조가 이루어졌고, 역사가 쓰였습니다. 현세의 삶은 비루 했을지 몰라도 그들이 떠난 자리에는 찬사만이 남았고요.

저 역시 위대한 시인들과 뛰어난 작가들의 패러다임 안에 있습니다. SNS에 시를 올리기 위해서 하나의 틀이 필요했죠. 그래서 가장 인기 있는 몇몇 사람들의 작품들을 찾아보았습니다. 아무것도 없는 배경에 시를 적어서 글 자체를 강조하는 방법, 사진 속에 시를 넣어서 쓰는 방법. 크게 두 가지 패러다임이 있었는데 제가 택한 것은 후자였습니다. 그 선택으로 몇 가지 버릇이 생겼죠. 길을 다니면서 수시로 사진을 찍게 되었고, 메모를 하는 습관이 생겼으며, 눈에 보이는 하나의 소재를 무의식중에 문장으로 표현하게 되었습니다.

사람들은 책을 한 권이라도 쓴 사람을 대단하게 생각합니다. 책을 쓴다는 것은 생각의 끝을 보는 일이기 때문이죠. 그래서 부담스럽습니다. 에세이를 쓰고는 있지만, 대부분 처음 생각해보는 문제들이 많고, 글도 길게 써본 것이 처음이기 때문에 부담이 됩니다. 쓰면서 '내 생각의 깊이가 이렇게 얕구나.'하는 생각을 매번 하게 됩니다. 글 한 편 한 편이 고비이고, 한계입니다. 서점엔 책이 많습니다. 그만큼 여러 분야에서 생각의 끝을 달려본 사람들이 많다는 말이죠. 그들이 한없이 존경스러울 뿐입니다.

평생을 전업 작가로 살지는 못할 것입니다. 다른 일을 겸하며 글을 쓰고 살겠죠. 그래도 시를 쓰고 올리는 일은 어떤 일을 하게 되도 그만두지 않겠습니다. 언젠가 제가 죽으면 제 글들이 저를 요약해주겠지요.

천동설은 죽지 않았다
-천동설뿐일까

해가 뜨고 지고

달이 뜨고 지고

별이 뜨고 지고

몇 천 년이 사고방식은

언어 속에 살아남아

무의식을 지배한다

어디 천동설뿐일까.

천동설은 죽지 않았다 _김충하

칼 세이건의 코스모스는 굉장히 두꺼운 책입니다. 책을 잡았을 때 무게에서부터 중압감이 옵니다. 우주와 별을 사랑하는 사람으로서 꼭 읽어봐야만 할 것 같은 의무감에 무작정 샀습니다. 원본은 다소 비싼 감이 있어서 보급판으로요. 읽으면서 눈길을 사로잡은 내용은 '아직도 천동설이 우리의 일상적 말투 속에 숨어 있다'는 말이었습니다. 허를 찔린 기분이었습니다.

국어교육과에서 공부하다 보면 언어학을 배우게 됩니다. 배운 내용 중에서 인상적이었던 것은 언어가 생각을 지배하는지, 생각이 언어를 지배하는지에 대한 논쟁이었습니다. 닭이 먼저냐 달걀이 먼저냐 같은 논쟁이죠. 하지만 확실한 것은 언어가 생각에 영향을 미치고, 생각이 언어에 영향을 미친다는 것입니다.

천동설은 16세기 전까지 몇 천 년 동안 인간의 우주관을 지배해왔습니다. 인식이 바뀐 지 고작 5세기 밖에 되지 않은 것이죠. 천체가 지구 주위를 돈다는 믿음은 이데올로기와 패러다임으로 인간의 생활을 지배했습니다. 생각을 지배하니 말

역시 따라갈 수밖에요. 우리는 해 뿐만 아니라, 달과 별에도 뜨고 진다는 말을 씁니다. 동양과 서양 모두 그런 말들이 남아 있죠. 은연중에 쓰는 말들이라 깊은 의미까지 고려해보지 않았는데 새삼 놀랐습니다.

굳어진 집단적 사고방식은 쉽게 바뀌지 않습니다. 한 번 인간의 사고에 박혀버린 것은 무의식 속에 잠들어 유전됩니다. 누구나 천동설이 틀렸다고 생각은 하면서도 말은 지동설에 맞게 하지 않습니다. 그런데 천동설뿐일까요. 아니죠. 사회는 이름표를 '현대'로 바꾸고 고도화 된 첨단 지식 사회를 표방하지만, 다수 인간의 의식은 아직 현대에 미치지 못했습니다.

그럼에도 인간과 사회는 앞으로 나아갑니다. 흔히 두발 나아가고 한발 후퇴하는 식이라 하지만, 그래도 나아갑니다. 사회에서 벌어지는 일련의 운동들은 그 자체로 의미가 있습니다. 다수가 볼 때 용납할 수 없고 말도 안 되는 주장이라 해도, 그 속에 진주가 숨어 있을 수 있죠. 그 옛날의 지동설처럼.

현대를 살아가는 사람이 해야 할 일은 기존의 상식과 사고 방식은 물론, 비합리적인 아이디어도 끊임없이 들여다보는 것입니다. 시간이 걸리고 노력이 필요한 일이죠. 그리고 여러 방면에서 생각지 못했던 온갖 불편함이 밀려올 것입니다.

사람들은 이것저것 따지고 바른 말 하는 사람을 선비라고 폄하합니다. 하지만 세상의 변화는 그런 선비들로 부터 이루어집니다. 세상 모든 사람들에게 선비처럼 살아야 한다고 강요할 생각은 없습니다. 다만, 그런 삶도 괜찮다고 생각할 뿐입니다.

버드나무
-눈물이 많지 않아도

눈물이 적은 건

차가워서가 아니라

강해서 그런 거야

버드나무처럼

눈물 바람에 흩날릴 때

닦아주라고 그런 거야

버드나무 _김충하

버드나무를 보고 있으면 괜히 슬퍼집니다. 늘어진 가지와 잎은 바람에 흩날릴 때마다 힘없는 사람의 머리카락을 보는 듯해서 일까요. 그렇게 학교 건물 앞에 서있던 한 그루를 볼 때마다 생각했죠. 언젠가 시로 쓸 일이 있을 것 같다고.

세상에는 공감능력이 높은 사람이 있습니다. 아주 사소한 일에도 공감하고 같이 마음 아파하며, 때로는 눈물도 같이 흘려주는 사람. 반면 공감능력은 있어도 그렇게 보이지 않는 사람도 있습니다. 공감은 하되 표현을 잘 하지 않는 사람들. 그들은 눈물이 많지 않고 위로하는 말을 잘 하지 않습니다.

저는 확실히 후자인 것 같습니다. 슬픈 영화를 볼 때마다 느끼거든요. 감독이 눈물을 흘리라고 만들어 놓은 온갖 장치들도 그저 목을 메이게 할 뿐입니다. 장례식도 많이 가보진 않았지만, 할아버지 장례식장에서 한 번도 울지 않았습니다. 슬펐지만 이상하게 눈물이 나지 않았죠. 매번 그럴 때마다 혼자 고민합니다. '공감 장애가 있나?' 아무리 고민 해봐도 생각만 맴돌 뿐 무엇이 원인인지 알 길이 없습니다.

눈물이 많지 않아도 좋은 점은 있습니다. 모두가 눈물을 흘릴 때, 손수건을 건네줄 수 있다는 것. 흐느끼는 사람을 다독여줄 수 있다는 것. 말없이 건넨 손이 때로는 백 마디 응원보다 더 힘이 될 때가 있죠.

앞으로도 전 흩날리며 살 것 같습니다. 눈물을 흘리진 않아도 이 바람 저 바람에 날리며 슬퍼하는 사람들에게 손을 건네겠죠. 버드나무처럼. 그렇게.

빛
-그림자를 가진 사람에게

빛은

그림자를 낳는다

가끔 네게도

그림자가 생겼다

빛_김충하

때때로 사람들은 어떤 사실의 증거가 확실한데도 그것을 믿지 않으려 하는 경우가 있습니다. 특히 자신과 관련된 일 일수록 더. 그림자는 빛이 있어야만 생깁니다. 사람들에게도 가끔 그림자가 드리웁니다. 대게 심리적인 차원에서요. 그런데 사람들은 그림자의 깊이에 빠져 그 이면을 보지 못합니다. 스스로가 빛인 것을.

대부분의 사람들은 자신의 빛을 발견할 기회나 계기를 충분히 제공받지 못합니다. 어른들은 아이들에게 "너는 커서 무엇이 되라"고만 하지 "너는 무엇을 잘 하니?"라고 묻지 않습니다. 아이들을 현실의 프레임에 넣어서 어른들의 소원을 주입시킵니다. 현실도 중요하지만 어린 아이들에게 만큼은 스스로의 재능과 능력을 발견할 시간을 충분히 주어야 하지 않을까요. 한글도 채 못 뗀 아이들이 자신의 의지와 상관없이 영어 유치원을 다니고, 학원을 가야만 친구들을 만날 수 있는 요즘 아이들의 현실에 씁쓸함만 남습니다.

생각해보면 제 부모님은 어릴 때 그런 기회를 나름 많이 주셨던 것 같네요. 피아노, 바이올린, 미술, 로봇 제작, 우슈, 축구, 영어, 국어, 수학, 과학, 논술. 다 생각나지 않지만 참 많은 학원을 다녔습니다. 고등학교 이후부터는 수능을 준비하느라 교과 과목 학원들만 다녔지만, 그 전에는 예체능 학원들을 조금씩 다녔습니다. 아무래도 음악을 좋아하고, 시를 쓰고, 사진 디자인에 관심을 가지게 된 것은 그때 다녔던 학원들의 영향을 받은 것 같네요.

어느 TV프로그램에서 한 출연자가 꿈을 좇아야할 지 현실을 좇아야할 지 고민하는 사람에게 이런 말을 했습니다. 초원의 사자가 강자인 이유는 단순히 힘이 세서가 아니라 적들이 있는 초원에서 드러누워 잘 수 있는 여유가 있기 때문이라고. 현실을 살아가기 위해서 자신이 스스로 먹고 살 수 있는 일을 일주일에 5일 정도 하되, 반드시 2일 정도는 자기가 하고 싶은 일을 할 수 있어야 한다고.

먹고 사는 일이 자신이 좋아하고 잘하는 분야가 아니라도 괜찮습니다. 스스로가 어떤 분야에서 빛이 나는지 알고 있다면, 이틀 정도 시간을 내서 도전해보는 게 좋다고 생각합니다. 작은 노력이라도 일단은 해보았다는 사실은 큰 성취감을 줍니다. 하다보면 재능이 있다고 믿었는데 착각이었을 수도 있고, 능력이 있지만 분야 최고가 될 만한 능력이 아닐 수도 있습니다. 실패할 수도 있죠. 프로가 아니니까 어쩔 수 없습니다. 하지만 실패해도 자신감과 자부심이 남습니다. 꿈을 좇아 보았다는 사실과 기억은 인생에서 쉽게 얻을 수 없는 중요한 자산입니다. 후회를 할 수도 있지만 최소한 미련은 남지 않겠죠.

빛은 스스로가 빛나는지 모릅니다. 그림자를 보며 자꾸 일깨워야 합니다. 빛나는 순간이 지나고 있다고.

쌍무지개
-나이아가라, 짝사랑

티 날까봐 아물하게

뒤집어썼어

상처 날까봐 어중되게

평행선을 그렸어

언젠가 네가

알아줄 순간을 기다리고 있어

희미하게 평행하게
너의 곁에서

쌍무지개_김충하

쌍무지개는 진한 안쪽 무지개와 연한 바깥 무지개로 이루어져 있습니다. 바깥 무지개는 안쪽 무지개처럼 '빨주노초파남보' 구성이 아닙니다. 희미해서 잘 보이진 않지만 데칼코마니마냥 '보남파초노주빨' 구성을 이루고 있습니다.

15살 때 나이아가라 폭포에서 태어나 처음으로 쌍무지개를 보았습니다. 회상해보면 미국 여행 시기 중에 그 날 날씨가 가장 좋았던 것 같네요. (기억 왜곡일 수 있지만.) 나이아가라 폭포는 그 시작부터 흥미로운 일들이 가득했습니다. 폭포가 워낙 커서 두 나라를 넘나들며 관광해야 했죠. 패키지여행 코스는 캐나다 쪽에 숙소를 잡고 먼저 살펴보고, 다음 날 미국으로 다시 넘어와 나머지 절반을 살펴보는 것으로 되어있었습니다. 미국 동부를 둘러본 우리 패키지 여행객 일행은 버스를 타고 미국 국경을 넘어 캐나다로 들어갔습니다. 생각보다 시간이 많이 걸렸습니다. 우리 버스 앞에도 많은 버스들이 줄지어 심사를 기다리고 있었죠. 우리 차례가 되자 무장한 군인(?) 경찰(?)들이 관광버스에 올라 여권과 일일이 대조하며 심사했습니다. 별 탈 없이 국경을 건너 캐나다로 넘어갔죠.

나이아가라의 위용은 대단했습니다. 낙차로 생긴 물기둥 높이는 어마어마했고, 물보라도 거세서 비옷을 입고 유람선을 탔지만 소용이 없었습니다. 밤이 되자 조명이 비추는 물기둥과 물보라는 형형색색의 조각상으로 다시 태어났습니다. 호텔 방에서 봤던 그 야경을 아직도 잊을 수가 없네요.

캐나다 쪽 뷰포인트는 폭포를 정면에서 봤을 때 물이 떨어지기 시작하는 곳 오른쪽 옆에 마련되어 있습니다. 거기서 쌍무지개를 보았습니다.

운이 좋았죠. 공기 중에 적당한 양의 물방울들이 있었고, 태양 빛이 적절히 비추었고, 그 시간에 제가 거기에 있었으니까요. 우연과 우연히 만나는 순간은 모두가 놓치기 싫었나봅니다. 뷰포인트에 있었던 모든 관광객들이 하늘에 렌즈를 대고 사진을 찍었죠. 어쩌면 살면서 다시는 못 볼 수도 있을 것 같다는 생각이 들어서 더 잘 찍으려고 애를 썼습니다.

시간이 지나 시를 쓰기 위해 사진 앨범을 뒤적이다 쌍무지개를 발견했습니다. 무려 8년 전 기억인데도 어제 일처럼 생생했습니다. 15살의 제게 우주가 준 큰 선물이었기 때문일 것입니다. 시를 쓰기 위해 한참 들여다보다가 문득 세상 속에서 짝사랑하는 사람들의 모습이 겹쳐졌습니다.

모든 사랑은 누군가의 짝사랑으로 시작됩니다. 짝사랑은 우연히 아무 신호도 없이 찾아오죠. 깜빡이를 켜지 않고 차선을 침범합니다. 그래서 처음에는 이게 무슨 감정인지 몰라 혼란스럽습니다. 하지만 결국 알게 되죠. 마음을 빼앗겼다는 사실을.

쌍무지개의 바깥 무지개는 분명히 안쪽 무지개를 짝사랑합니다. 좋아하는 마음을 보여주고는 싶지만 티를 내지 않으려고 노력하는 모습이 귀엽죠. 희미하게 채도를 낮추고, 안쪽 무지개의 색을 뒤집어 시밀러룩(similar look)을 입었습니다. 그리고 너무 가까이 다가가면 끝나버릴까 어중간한 거리에서 평행선을 그리고 있었습니다. 안쪽 무지개가 그 마음을 알아줄지 모르지만 바깥 무지개는 애를 쓰고 있습니다. 그 마음이 전해져 이루어 질 수도 있고, 그것으로 끝날 수도 있겠지만요.

고장 난 라디오
-잊고 싶은 기억

잃어버린 목소리를 태운 주파수는

우주를 맴돌고 있겠지

다시 돌아갈 수 없다면

블랙홀처럼

깡그리 삼켜버리고 싶다

고정된 핀만이

끝나버린 상상의 시간들을

더듬는다

고장 난 라디오_김충하

시내버스를 탈 때 기사님이 틀어놓으신 라디오를 가끔 듣게 됩니다. 주로 아침이나 저녁 시간대라 듣게 되는 방송의 종류는 일정하지만. 대학에 오기 전까지는 어머니 차에서 아침에 학교 가는 길이나 저녁에 학원을 마치고 돌아오면서 들었습니다.

어느 날 저녁, 학원을 마치고 어머니 차를 타고 집에 오다가 우연히 한 라디오 프로그램에서 살면서 가장 민망했던 사연을 보내달라는 말을 들었습니다. 한 번 보내나보자 싶은 마음에 폴더 폰을 열었죠. 조금 생각하다가 "지하철을 타고 집에 돌아와 보니 남대문이 열려있었다."라고 보냈습니다. 실제로 경험한 일은 아니지만 왠지 그날따라 뽑힐 것만 같은 기분이 들었거든요. 아니나 다를까. DJ가 제 사연을 읽었습니다! 주소를 보내주면 소정의 상품을 준다고 하기에 문자를 보냈죠. 그렇게 휴대용 앰프를 받게 되었습니다. 살면서 방송에 글이 채택되긴 처음이라 신기했습니다. 진짜 있었던 일이 아니어서 조금은 찔렸지만. 그때 처음으로 '뽑히는 글'이 있다는 것을 알게 되었습니다.

누구나 살면서 잊고 싶은 기억이 있죠. 제가 지어낸 사연 속 남자도 정말 그 하루를 인생에서 잊고 싶었을 것입니다. '잊고 싶은 기억들만 골라내어 제거할 수 있다면 좋은 기억들만 남을 텐데……'라는 생각을 하루에도 몇 번씩 하게 됩니다. 그만큼 실수는 끊임없이 일어납니다.

개인적으로 가장 없애버리고 싶은 기억은 중학교 때 부모님을 겨우 설득해서 샀던 아이팟 터치를 잃어버렸던 기억입니다. 아직 스마트폰이 보급되지 않았던 2009년, mp3로 음악 듣는 것을 좋아했던 저는 몇날 며칠을 졸라 부모님과 함께 아이팟 터치를 사러 갔습니다. 전까지 쓰던 삼성 Yepp mp3에서 음악을 다 옮기고 가수들의 영상을 다운받아 넣었습니다. 또 '앵그리 버드' 같은 초창기 모바일 게임들도 다운 받아서 놀았습니다. 그렇게 일주일 쯤 사용했을까요. 쉬는 시간에 매점을 가려고 아무 생각 없이 책상 서랍에 아이팟 터치를 넣어놓고 다녀왔습니다. 서랍에 넣어놓으면 물건을 잃어버린 적이 없었거든요. 그 날은 아니었습니다. 서랍에 넣은 손이 허전했고 식은땀이 흘렀습니다. 그 이후의 기억은 정말 조금은 잊어버린 것 같네요. 굉장히 큰 스트레스였습니다. 담임선생님께 알리고 찾으려 해봤지만 결국 찾지 못했고, 부모님께 이실직고 했습니다. 비싼 물건은 무슨 일이 있어도 몸 가까이 지니고 다녀야 한다는 간단한 사실을 그렇게 배웠죠. 다시 아이팟 터치를 가지진 못했습니다.

잊고 싶은 기억을 잊을 수 있다면 참 좋겠지만, 교훈마저 잊어버릴 것 같아서 고민이 됩니다. 앞으로 살면서도 그런 기억들이 많이 생기겠지만, 잊기보단 곱씹으며 다음의 실수를 예방해야겠습니다. 더 나은 사람이 되기 위해서 말이죠.

제5부
넌 아직 붉게 물들었잖아

염화미소
-절, 탑, 이상과 현실

석가의 정신을 쌓아

극락에 닿는 것

하나의 돌을 올리고 돌아가

아내와 어린 자식들을 보는 것

탑을 쌓던 사람들의 꿈은

무엇이었을까

대웅전의 부처는

알 수 없는 미소만 짓는다

염화미소_김충하

　전 특정한 종교를 가지고 있지 않습니다. 그런데 할머니의
영향으로 어릴 때부터 절에 놀러갔던 일이 많았습니다. 지금
도 마음이 싱숭생숭하거나 고민이 있을 땐 혼자서라도 가까
운 절에 가곤 합니다. 팔공산에 자리한 동화사가 그나마 가까
워서 자주 가게 되는 편이죠. 동화사를 가려면 버스를 2번 정
도 환승해야 합니다. 시간은 약 1시간 40분 정도 걸리고요. 거
의 종점에서 종점까지의 거리죠. 차가 없는 관계로 동화사 입
구에서 좀 떨어진 버스 정류장에서 걸어가야 합니다. 매표소
에서 돈을 내고 들어가면, 본격적으로 도시와의 단절이 실감
나는 풍경이 펼쳐집니다. 나무가 들어찬 숲, 물이 흐르는 다리
를 건너 주차장을 지나면 드디어 경내에 들어서게 됩니다. 계
단을 올라 대웅전에 있는 부처님께 인사를 올리고 나오면, 거

기서부터 동화사의 본모습을 만날 수 있습니다. 산길을 걸어 통일약사대불을 가는 길이 동화사에서 가장 아름답기 때문이죠. 시냇물을 발밑에 둔 다리를 건너는 것이 첫 시작입니다. 물속에 자리 잡은 큰 돌그릇 안에 동전들이 잠을 자고 있습니다. 그 위로 얼굴이 비칩니다. 계속 길을 걷다보면 하얀 계단이 깔린 도입부를 만나게 되고, 그곳을 올라가면 헐떡이는 심장으로 산속에 홀로 서있는 거대한 불상을 만날 수 있습니다. 너무 높아서 어느 정도인지 조차 감이 오지 않죠. 마치 비현실적인 공간에 온 것 같은 느낌이랄까요. 그래서 속세의 번민을 잠시나마 잊을 수 있는 것인지도 모릅니다.

동화사가 거대한 불상으로 분위기를 압도한다면, 경주의 불국사는 아기자기한 건물과 탑이 분위기를 주도합니다. 불국사는 주차장에서 입구까지 가는 곳부터가 오르막길이라 초반에 힘이 듭니다. 숲과 물이 혼재된 자연 속을 걷다 보면 넓은 광장 같은 곳이 나오죠. 동화사와 달리 불국사는 그곳부터가 본격적인 시작입니다. 청운교와 백운교는 신라 시대 기술의 극치를 보여줍니다. 아귀가 맞지 않는 돌들을 맞춰 단단한 기반을 쌓은 단면과 다리 밑 아치형 돌에서 볼 수 있는 기술은

두고두고 회자될만합니다. 옆으로 돌아가 경내로 들어서면
두 개의 유명한 탑이 위용을 드러냅니다. 다보탑, 그리고 석가
탑. 두 탑은 경이로운 대조를 이루고 있습니다. 다보탑은 신라
의 금관에서 느낄 수 있는 화려함이, 석가탑은 무던한 정형의
아름다움이 있습니다. 매우 달라서 서로가 더 돋보이는 효과
를 보여주죠.

대학 동기들과 함께한 경주 여행에서도 불국사를 들렀습니
다. 무더운 여름이었지만, 산속이라 다행히 바람이 불어서 선
선했죠. 그늘에서 쉴 겸 서 있다가 무심코 석가탑을 프레임에
넣고 사진을 찍었습니다. 휴대폰 화면 속 탑을 보면서 생각했
던 것은 석공들의 꿈이었습니다. 옛날에 이곳에서 탑을 쌓던
그 사람들은 어떤 꿈을 꿨을까. 석가의 이념과 사상을 하나씩
쌓아 극락에 닿고 싶었을까. 아니면 그들도 집에 돌아가 가족
들과 저녁으로 무엇을 먹을지, 불을 땔 장작은 충분한지 그런
사소한 생활 문제들을 해결하는 것이 꿈이었을까.

옛날 사람들이 했을 꿈과 고민은 지금도 여전합니다. 사람
의 생각은 시간이 흘러도 잘 바뀌지 않으니까요. 과학의 발전
과 기술의 혁신으로 옛사람들 보다 좀 더 편한 삶을 살고는 있

지만. 이상과 현실의 대립으로 압축할 수 있는 번민은 인간이 지구에서 살아가는 한 끝나지 않을 레퍼토리입니다. 어느 누구도 쉽사리 답을 하지 못하죠. 두 삶에 모두 명확한 장점과 단점이 있기 때문입니다. 대웅전에 앉아 있는 부처님은 그 해답을 알고 있는지 궁금했습니다. '말하지 않아도 알지 않느냐'는 듯, 입가에 은은한 미소만 띠고 있을 뿐이었습니다.

과잠
-학번의 무게

숫자에도 무게가 있음을

생각지 못했던 20살의 실수

덩그러니 남은

다시는

입지 못할 옷.

돌아가지

못할 시간.

과잠 _김충하

'과잠'이라고 흔히 불리는 과 잠바는 새내기 시절의 로망이었습니다. 개강한지 2달 후였던 5월. 사범대학교 모꼬지 첫날, 출발하기 직전에 고대하던 과잠을 받았습니다. 선배들과 동기들 모두 그것을 입고 버스에 올랐습니다. 모꼬지 1박 2일 동안 과잠은 제2의 피부였죠. 물론 그 후 학교에 와서도 무더운 여름을 빼고 항상 추위로부터 저를 지켜주었습니다.

과잠은 여러 장점이 있습니다. 첫 번째, 소속감을 부여합니다. 같은 옷을 입은 동기나 선배를 만나면 넓은 캠퍼스에서 혼자가 아니라는 생각이 들죠. 두 번째, 멀리서도 과 사람들을 식별할 수 있습니다. 아는 사람을 보면 먼저 인사하는 게 습관인 제겐 큰 도움이 되었습니다. 국어교육과 과잠은 무난한 차콜 색이라 가끔 다른 과의 것과 헷갈리기도 하지만, 선배든 후배든, 누구든지 멀리 있어도 먼저 알아차리게 해주었습니다. 세 번째, 아침마다 옷을 고르느라 소비하는 시간을 줄여줍니다. 현실적으로 가장 큰 장점이죠. '오늘은 무슨 옷을 입지?'가 하루를 시작하면서 하게 되는 가장 큰 고민입니다. 교복을 입어야 했던 시간에는 하루 빨리 사복을 입고 싶었는데, 막상 교복을 벗고 나니 하루하루가 고민의 연속이었습니다. 차콜 색

옷은 그 고민에서 해방시켜주었습니다. 특히, 시험기간엔 거의 매일 입었습니다. 정말 편했거든요.

학년이 올라가고 3학년이 되었을 때부터 부쩍 입는 횟수가 줄었습니다. 왼팔에 박혀 있는 학번의 무게 때문이었죠. 누가 뭐라고 하지는 않았지만, 괜히 찔렸거든요. 아침에 버스에 올라 탈 때도, 학생식당을 가는 것도, 도서관에 가는 것도. 1년이 지날수록 그 무게는 더 무거워져 갔습니다. 왜 1학년 때 학번을 빼야한다고 생각하지 못했을까요. 영원히 새내기일 것이라는 착각 때문이었을까요. 20살 선택은 짐이 되어 돌아왔습니다. 더 이상의 피해자를 양산하면 안 된다는 생각에, 후배들이 새로 들어와 과잠을 맞출 때마다 조언했죠. 절대 학번만은 박지 말라고.

학번을 박은 실수로 남은 것은 옷걸이에 걸린 옷과 다시 돌아가지 못할 그 시절의 기억들입니다. 과 행사에서 이불이 되어주기도 했고, 줄다리기 줄이 되기도 했고, 방석이 되기도 했습니다. 시험기간의 괴로운 날들도 함께했죠. 보고만 있어도 지나간 기억들이 선명합니다. 시간이 지나도 과잠을 버리지 않을 것 같습니다. 아니 버리지 못할 것 같습니다.

패러독스
-꿈꾸는 사람들의 패러독스

미쁜 꿈일수록

조심해야했다

올인에는

플랜B가 있어야했다

나를 좀 먹은 것은

나의 꿈이었다.

패러독스_김충하

수능이 끝나고 11월 말이 되면 학교엔 면접을 보러온 학생들과 부모님들이 가득합니다. 설렘과 불안함을 안고 사범대 계단을 오르는 학생들의 모습에서는 생기가 느껴지죠. 나에게도 저런 때가 있었을까하는 생각이 스칩니다. 분명히 있었겠죠. 찬바람에 옷깃을 여미고 가던 길을 재촉해봅니다.

19살의 저에게는 사범대를 간다는 것 자체가 최고의 성공이었습니다. 입학한다는 것만으로 벌써 교사가 된 듯이 기뻤거든요. 어렸습니다. 너무도 어렸습니다. 새내기 시절에도 많은 선배들이 다른 길을 알아보는 것도 나쁘지 않다고 했지만, 흘려들었습니다. 시작이었으니까. 무슨 일이 있어도 교사가 될 상상만 했죠. 신입생의 패기 앞에서 현실은 보이지 않았습니다.

새내기 시절 모습이 겹쳐서인지는 몰라도, 새내기들에게는 항상 열심히 하라고만 말하게 됩니다. 어두운 현실을 애써 보여주고 싶지 않아서요. 어차피 시간이 지나면 스스로 알게 될 말을 굳이 할 필요는 없죠. 동기들과는 다른 길을 찾아보자고 농담 아닌 농담을 주고받습니다. 씁쓸한 웃음이 퍼지고 이내 다른 주제로 넘어갑니다. 다들 아닌 척해도 누군가는 진지하게 고민하고 있겠지요.

밖에서 볼 때 블루오션처럼 보이는 교사라는 직업은 레드오션입니다. 그것도 심각한. 2017년에 있었던 임용 대란이 최근의 일이라 레드오션이 된지 얼마 안 된 것처럼 생각할지도 모릅니다. 이미 몇 년 전부터 TO가 극소수에 불과했습니다. 어떤 곳은 아예 뽑지 않을 때도 있고, 뽑아도 소수에 그치죠. 해마다 졸업생은 쏟아집니다. 그러나 적체된 임용고시생들이 줄어들지 않습니다. 매년 그 수가 늘어만 갈 뿐입니다.

임용고시 자체도 문제입니다. 공부를 해본 사람들은 하나같이 시험에 경향이 없다고 말합니다. 그래서 더더욱 사교육에 기댈 수밖에 없습니다. 객관식이 폐지되어 모두 주관식 문제가 나오고 답안은 공개되지 않습니다. 여러모로 사람들이 다른 길을 찾아볼 생각을 할 수밖에 없는 현실 입니다.

저 역시 예전과는 생각이 많이 바뀌었습니다. 이제는 여러 방면으로 길을 열어두려 합니다. 분야를 가리지 않고 책을 읽는 것, SNS에 시를 연재하는 것, 학교 근처 카페에서 작은 시전을 기획하는 것, 책을 쓰는 것. 모두 그런 노력의 일환입니다. 교사가 되면 좋겠지만, 반드시 교사가 되어야만 한다는 생각은 하지 않으려 합니다. 그렇다고 교사란 꿈을 버린 것은 아닙니다. 올인 하되 플랜B를 준비해놓는 것이죠. 여력이 된다면 대학원에 가서 좀 더 공부를 해볼 생각도 있습니다. 그렇게 되어도 플랜B는 항상 준비하겠지만.

누구에게나 꿈을 꾼 것이 죄가 되지 않았으면 좋겠습니다. 이 넓은 세상에서 그나마 스스로에게 갈만 하다고 생각하는 길을 따라 온 것은 죄가 아닙니다. 좀 더 깊이 알아보고 현실을 재단해보지 못한 실수일 뿐이죠. 실수 역시 극복할 수 있는 능력이 충분하다면 계속 걸어가면 됩니다. 못하겠다면 플랜B를 준비하면 됩니다. 세상은 넓고 해야 할 일은 많습니다. 내가 원했던 꿈이 내게 맞지 않을 수 있듯이, 남이 원했던 꿈이 남에게 맞지 않을 수 있습니다. 그런 의미에서 꿈을 꾸는 사람들은 모두 패러독스에 빠져있습니다. 하지만 꿈꾸는 사람들은 그래서 아름답습니다. 눈이 부실 만큼.

빈, 공간
-유일무이(唯一無二)한 도전

우주의 여백이던 모퉁이는

자전과 공전으로 말미암아

육신의 체온으로 메워진다

무한의 공간에 채워질

유한의 의미를 그리며

한 줄의 빈틈을 세긴다

한 번도 닿지 못한

캄캄한 암흑 위로

빈, 공간 _김충하

우리는 땅 위에서 살고 있고, 지구에서 살고 있으며, 우주에 살고 있습니다. 하지만 다시 생각해보면 인간이 살아가는 곳은 스스로가 딛고 있는 공간입니다. 공간은 인간이 만들어낸 허상이라고도 하지만, 우리는 눈앞에 보이는 공간 속에서 숨을 쉬고 삽니다.

가끔 이 땅위의 공간을 보다보면 낯선 느낌이 들 때가 있습니다. 얼마 전, 아니 몇 초 전만 해도 내가 있는 이곳은 저 어두운 우주의 한 부분이었다는 것. 저만 그런 생각을 하는지 모르겠지만요. 그 어둠의 공간으로 가기 위해 저는 아무것도 한 일이 없습니다. 그냥 숨을 쉬고, 밥을 먹고, 일을 하고, 시를 쓰고, 잠을 잘 뿐이죠. 그런데 지구의 움직임이 저를 그 어둠의 변두리에 닿게 해줍니다. 우주의 지도를 만들 수 있다면, 모든 공간을 좌표로 표현할 수 있을 것입니다. 우리는 지금 머물렀던, 그리고 지나간 공간의 좌표를 살면서 다시 돌아올 수 없을지도 모릅니다. 우주선을 타고 우주여행을 하지 않는 한 말이죠. 유일무이(唯一無二)한 공간을 지나면서도 우리는 인지하지 못하고 살아갑니다.

물리적으로도 인간은 결국 빈틈을 매우며 살아가는 존재입니다. 지구가 데려다 준 우주의 어둡고 차가운 공간을 지나며,

그 여백에 체온을 더합니다. 그래서 사람들은 너무 완벽한 것보다 빈틈이 있는 존재들을 사랑하게 되는 건지도 모릅니다. 틈이 있는 곳에 자신의 감정과 생각을 대입하면서 점점 그것을 유한한 의미로 채워갑니다.

한 책에서 빈틈에는 중력이 있다는 구절을 본 적이 있습니다. 그것을 개인적으로 시를 쓰고 연재하면서 사람들의 반응을 통해 느낄 수 있었습니다. 며칠 동안 고민하며 이것저것 주워 담아 길게 늘어진 시보다, 군더더기 없이 핵심만 담은 짧은 시가 더 좋은 반응을 얻을 때가 많습니다. 짧은 시는 빈틈이 많을 수밖에 없습니다. 읽는 사람들이 스스로를 대입시킬 여지가 많아지죠. 그래서 요즘은 시를 쓰는 시간보다 쓴 시를 퇴고하는 시간이 더 오래 걸립니다. 되도록 수식 어구를 없애고, 여기저기 들어간 '나'를 지워봅니다. 'Simple is the best'라는 말을 깊게 새기고 있습니다.

우리는 지금 이 순간에 한 번도 닿지 못한 암흑 속에 발을 내딛고 있습니다. 매 순간이 도전의 연속이란 말은 틀린 말이 아닙니다. 가만히 있어도, 매 순간이 새로운 곳이기 때문이죠. 저는 빈 공간을 한 줄의 시와 글로 채우고 있습니다. 여러분은 무엇으로 채우고 계신가요? 어떤 도전을 하고 계신가요?

카페인
쓴맛

기대는 날들이

늘었다는 건

쓰라린 날들이

늘었다는 것

내성이 생겨도

도망칠 방법이

없다는 것

카페인 _김충하

사람들은 커피를 많이 마십니다. 믹스 커피부터 아메리카노, 카페라떼, 카페모카. 종류도 많고 카페도 많죠. 오죽하면 커피를 소재로 한 노래가 히트를 쳤을까요.

전 커피를 별로 좋아하지 않습니다. 그래서 카페를 가면 커피가 아닌 음료들을 찾죠. 홍차나 허브티 같은 차 종류, 과일 스무디 종류를 주로 마십니다. 가끔 커피가 마시고 싶으면 아이스 카페모카를 마시긴 하지만요.

아직 카페인에 중독되진 않았습니다. 커피를 안 마셔도 하루를 버틸 수 있거든요. 특별히 열량 소모가 많은 시험기간에는 그 힘을 빌리기도 하지만. 알코올과 니코틴도 가까이 하지 않습니다. 술은 마실 수 있지만, 잘 못 마실 뿐더러 어느 순간부터 술자리의 와자지껄한 분위기가 싫어졌습니다. 성격이 조용하고 말을 잘 안하는 편이라 술자리에 껴도 시끄럽고 괜히 힘만 들었죠. 담배는 기흉 병력 때문에 절대 가까이해선 안 되는 물건입니다. 물론 기흉에 걸리기 전부터 담배 냄새나 연기를 싫어해서 가까이하지 않았지만요. 앞으로도 흡연을 할 일은 없을 것입니다. 커피도 안 좋아하고, 술도 안하고, 담배도 안하고. 누군가가 보면 참 재미없는 인생이겠죠?

다른 것은 몰라도 노래방. 노래방만은 못 끊을 것 같네요. 어릴 때부터 노래방 가는 것을 좋아했습니다. 시험이 끝나면 무조건 친구들과 노래방부터 가곤 했던 10대가 있었죠. 20대가 되어선 시설 좋은 동전노래방들이 학교 근처에 우후죽순으로 생겨나면서 더욱 자주 가게 되었고요. 공강 시간에도 가고, 스터디를 하기 위해 주말마다 학교에 와서도 1시간씩 부르고 갔습니다. 과묵하고 화를 삼키는 성격이라 주기적으로 소리를 지르며 속에 쌓인 감정을 푸는 게 좋다는 흉부외과 의사 선생님의 조언을 핑계 삼아 더욱 더 열심히 가게 됐죠.

힘든 현실을 살기 위해서 무언가에 기대는 것은 어쩌면 당연한 일인지도 모릅니다. 물론 그 정도가 심하면 문제가 되지만요. 커피는 아직 쓴 물에 지나지 않지만, 직업을 가지고 본격적으로 생업에 뛰어들면 입에 달고 살게 될지도 모르겠네요. 커피보다 더 나은 대체재를 찾을 수 있으면 좋겠습니다.

공존
-함께 산다는 것

바람은 내게만 불고

나부낌은 오롯한

나의 몫인 줄만 알았는데

바람은 네게도 불고

너울거림은 살아간

모두의 몫이었네

그대, 괴로운 사람이여

서로의 나부낌을 묶어

함께 너울거리세

우리

함께 살아가세

공존 _김충하

제주시 한림읍에 위치한 금오름은 예능프로그램에 소개된
후 방문객이 크게 늘었습니다. 주차장에서부터 오름 정상까
지 가는 길은 그렇게 가파르진 않았습니다. 다만 높이 올라갈
수록 기온 차이가 심하더군요. 봄이었기 때문일까요. 정상에
는 제주도답게 바람이 많이 불었습니다. 해질녘이라서 더 춥
기도 했고요. 분화구 정상을 걷다가 관리소 같은 건물 한 채가
덩그러니 서 있는 것을 보았습니다. 창문 안을 들여다보니 생
필품과 이불, 식량이 있었습니다. 그래서 관리소라고 생각했
죠. 건물 옆에는 평상이 있었는데, 사람들은 그곳에 눕거나 앉
아서 금오름 인증 샷을 많이 찍어서 올립니다. 저는 평상 대신
관리소 지붕위에서 바람에 나부끼는 찢어진 천을 사진으로
남겼습니다.

4월의 제주는 너무나 아름답습니다. 노란 유채꽃과 시원한
바람, 파란 바다, 쾌청한 날씨까지 어느 하나도 완벽하지 않은

것이 없죠. 그런데 4월의 제주는 그래서 슬픕니다. 4.3 사건.
그 사건이 이렇게 아름다운 4월에 일어났다는 것이 믿어지지
않습니다. 해안가, 산간 지방 어느 곳을 가리지 않고 아름다운
곳엔 4.3의 흔적이 있었습니다.

금오름도 마찬가지입니다. 정상 부근에 위치한 진지 동굴
은 일제에 의해 만들어진 인공 동굴로서 4.3 당시 신호를 맡은
사람이 거주하며 마을 사람들에게 깃발 신호를 통해 외부인
의 출현을 알렸다고 합니다. 그리고 입구에 있는 생이못은 가
축들이 목을 축이던 곳으로, 4.3 사건 때는 동굴에 살던 사람
들의 생명수 역할을 했다고 합니다. 세월은 흘렀지만 그 날의
괴로움은 숨을 죽이고 아름다움 속에 숨어 있습니다.

사실 제주도 전체가 그렇습니다. 누군가 알려주지 않으면
그곳에 그런 끔찍한 일이 있었다는 사실을 생각조차 할 수 없
으니까요. 광기, 살육, 의심, 보복, 화염, 희생, 눈물, 은신, 발
각, 도망, 총살, 감시, 학살... 그 암울한 시간의 흔적은 아직 제
대로 된 이름조차 가지지 못했습니다. 사건의 시작이 어떻게
되었든 간에 죄 없는 많은 사람이 죽었습니다. 살아 있는 것이
죄가 되어 많은 사람이 죽었습니다. 비극입니다.

괴롭다는 말은 나이가 들면서 더 많이, 더 자주 하게 됩니

다. 아침에 잠에서 깨어나는 것, 버스를 타는 것, 수업을 듣는 것, 책을 펴는 것, 공부를 하는 것, 사람을 만나는 것, 집으로 가는 것, 침대에 눕는 것. 매일이 같은 일의 반복이어도 괴롭기는 마찬가지죠. 죽을 것 같다는 말도 하루에 몇 번을 쓰는지 셀 수 없습니다. 그럴 때 가끔은 지나간 시대의 괴로움을 떠올려봅니다. 그 시대에 비하면 저의 괴로움은 정말 하찮은 것입니다. 그 시간을 살지 않은 것은 행운일까요? 응당 해야 할 일을 하지 못한 것 같은 답답한 느낌은 무엇일까요? 그때에 태어났더라면 살아남을 수 있었을까요?

괴롭습니다. 괴로운데 나만 괴로운 것이 아니라서 세상은 살만 한 것입니다. 일상의 괴로움을 나눌 수 있는 사람들이 있어서 견딥니다. 가끔은 술 한 잔에 아픔을 비워버릴 수 있는 친구가 있어서 견딥니다. 사랑하는 노래가 있어서 견딥니다. 사랑하는 사람이 있어서 견딥니다. 그들도 괴로운 사람들입니다.

공존. 우리는 함께 살아갑니다. 서로의 아픔에 기대어 아픔을 잊습니다.

비극을 감추고 아름답기 위해 노력하는,

우리는 모두 제주입니다.

첨성대
-올려다 본 것은 하늘이 아니다

그 속에선

알 수 있을까

모난 세상을 탓하던

모난 마음의 한 켠을

보이는 것만 믿는

우물 안에 갇힌 시각을

쳐다본 것이

하늘이 아니었음을

알 수 있을까

첨성대 _김충하

첨성대는 볼 때마다 새로운 느낌입니다. 얽혀 있는 역사, 용도에 대한 논쟁과 같은 거시적 관점. 그리고 개인적 추억과 상상과 같은 미시적 관점 모두에서. 시를 쓰며 이런저런 생각을 하다가 첨성대와의 일들을 돌아봤습니다. 생각보다 첨성대는 친밀한 건축물이었습니다.

초등학교를 다닐 때 방학숙제 중에서 매번 찰흙으로 만들기 숙제가 있었습니다. 손으로 뭔가를 만드는 것을 좋아해서 방학마다 찰흙을 만졌습니다. 결과물은 항상 똑같았지만요. 첨성대. 도자기를 만드는 방법을 거꾸로 하면 첨성대가 되었습니다. 흙을 떼어내 길게 늘여 뱀처럼 만듭니다. 밑 부분에 쓸 것은 좀 더 굵게, 위로 갈수록 얇게. 하나하나 차곡차곡 사이사이에 물을 발라가며 쌓습니다. 완성되면 음지에서 말려줍니다. 강한 햇볕을 쬐면 금세 갈라지니까요. 그렇게 6년 동안 총 12개의 첨성대를 탄생시켰습니다. 언제나 완벽한 작품은 아니었지만, 시간이 갈수록 점점 기술이 늘었습니다.

지금은 상징 마크에 첨성대가 들어있는 학교에 다니고 있습니다. 누가 마크를 만들었는지는 모르겠네요. 어쩌면 그 사람은 학생들이 별을 보길 원했거나 별처럼 반짝이길 원했지 않을까요. 아마도 그랬을 것 같습니다.

첨성대는 별을 관측하는 곳이었다는 설이 가장 유력합니다. 다른 설로 하늘에 제사를 지낸 곳이었다는 설도 있죠. 하지만 전자가 널리 알려진 것은 부정할 수 없습니다. 한번은 대릉원에서 막 나와 안압지 쪽으로 걸어가고 있었는데 외국인이 다가와 물었습니다. "Where is observatory?" 잠시 당황했죠. 관측소? 경주에 관측소가 있었나? 가까이 첨성대가 있다는 사실이 가까스로 입을 떼게 만들었습니다. 길을 건너서 직진하다가 왼쪽을 보면 사람들이 많이 모여 있을 것이라고 했고 이방인은 땡큐를 남기고 떠나갔습니다. 첨성대를 외국어로 생각해본 적이 없었는데 막상 관측소라는 단어로 듣게 되니 어색했습니다. 그러나 외국인들도 첨성대를 별을 관측했던 곳으로 알고 있다는 사실을 알 수 있었죠.

첨성대가 정말 별을 관측하던 곳이라면, 그 안에서 바라본 하늘은 어떤 모습이었을까요? 몇 십 년 전만해도 첨성대 안에 들어가 볼 수 있었다는데. 아쉽지만 상상만 해볼 뿐입니다. 우물 모양의 하늘을 쳐다보며 별들의 운행을 기록했을 것 같습니다. 그렇다면 말 그대로 우물 안 개구리입니다. 옛 선인들을 비하하는 것이 아닙니다. 비유하자면 그렇다는 말이죠.

그들은 프레임에 갇힌 하늘을 보며 무엇을 생각했을까요? 이 아이디어가 시의 밑거름이 되었습니다. 세상을 바라볼 때 우리는 수많은 프레임으로 보게 됩니다. 극단적이고 편향된 프레임을 가진 사람들은 생각보다 많죠. 그들은 스스로를 잘 숨기고 있을 뿐입니다. 스스로가 공정하고 객관적이라고 생각하는 사람들조차도 알게 모르게 그런 프레임을 가지고 있습니다. 남을 욕하면서도 스스로에게 회의감을 느끼는 이유는 그래서가 아닐까요.

옛사람들이 첨성대에서 들여다 본 것은 하늘이 아니라 어쩌면 자기 자신, 그들의 나라, 그들의 왕이 아니었을까요? 그리고 저 역시 많이 깨어있는 척하는 우물 안 개구리가 아닐까요? 갈 길이 멉니다. 더 시각을 넓혀야겠습니다.

드라이플라워
-부서질 것 같은 기분

말라버린 모습에

실망하진마

넌

아직

붉게 물들었잖아.

드라이플라워 _김충하

드라이플라워 같은 기분이 들 때가 있습니다. 바싹 말라서 금방이라도 바스라질 것 같은. 아무런 힘을 주지 않아도 부서 질 것 같은 그런 기분. 그럴 때면 무기력함은 끝을 보여줍니다. 부정적인 생각들이 소용돌이치고 그 속에서 몸부림치다 끝내 지쳐버리면 삼켜지고야 말죠. '나는 왜 이 모양일까' 대답 없는 물음에 물음표만 달아볼 뿐입니다.

자존감을 마르게 하는 요인들은 끝도 없습니다. 대개 안 좋은 생각은 서로 고리를 걸고 있는 경우가 다분합니다. 하나를 끄집어내면 줄줄이 소시지 마냥 딸려 나오죠. 가장 큰 비중을 차지하는 콤플렉스는 외모입니다. 티 나진 않지만 웃을 때마다 신경 쓰이는 깨진 앞니. 공들인 시간을 무색하게 만들어버리는 얇디얇은 머리카락. 스트레스가 쌓이면 금세 얼굴을 잠식하던 모낭염의 흔적들. 쉽게 피로해지는 저질 체력. 그리고 약한 폐. 저의 자산이지만 마음에 들지 않음은 어쩔 수가 없습니다.

어색한 행동도 큰 콤플렉스입니다. 심적으로 불안하거나 어색한 환경에 처하면 유난히 실수가 잦아집니다. 특히 갈등 상황에서 그런 모습을 자주 보이죠. 화자의 말을 잘 못 알아듣고 동문서답을 한다던가. 떠오른 생각이 입 밖으로 나오지 않는다던가. 이름을 부르지 않았는데 대답을 한다던가. 생각만 해도 얼굴이 뜨거워지는 기억들이 떠오릅니다.

콤플렉스만으로 한 시간을 떠들 수 있습니다. 하지만 더 꺼내 놓았다간 또 바닥 난 자존감과 하루 종일 씨름해야합니다. 저란 사람은 이토록 많은 단점을 가지고 세상을 살고 있습니다. 드라이플라워 같은 기분으로 살고 있죠. 그런데 무너지지 않음은 왜 일까요.

말라버린 드라이플라워에도 색은 남아있습니다. 사람들은 생전의 색을 두고두고 보기 위해서 작은 꽃을 미라로 만듭니다. 미약한 색은 큰 가치를 부여하죠. 우리들도 저마다의 색을 가지고 있습니다. 스스로의 마음에 들지 않아도 누군가는 좋아할 가능성이 있습니다. 수많은 콤플렉스가 하루를 덮어도 무너지지 않는 것은 그 가능성을 믿기 때문입니다. 아끼고 사랑하는 사람들은 내가 가지지 못한 색을 가진 이들입니다. 아무리 노력해도 가질 수 없어서 소중하죠. 부럽고 신기하고 곁에 있어줘서 고맙습니다.

오만한 생각이지만 분명히 저를 좋아하는 사람들도 있을 것입니다. 내 모습, 내 시, 내 행동. 내가 좋아하지 않는 콤플렉스까지도. 그 사람들이 있어서 무너지지 않습니다. 드라이플라워 같은 연약한 자존감을 지탱해주는 모든 이들에게 힘이 되고 싶습니다.

나의 여백이 선물이 된다면

초판 1쇄 발행 ㅣ 2019년 3월 11일

글, 사진 ㅣ 김충하
펴낸이 ㅣ 공상숙
펴낸곳 ㅣ 마음세상

주 소 ㅣ 경기도 파주시 한빛로 70 515-501

출판등록 ㅣ 2011년 3월 7일 제406-2011-000024호

ISBN ㅣ 979-11-5636-317-0 (03810)

원고 투고 ㅣ maumsesang@nate.com

* 값 13,000원

* 마음세상은 삶의 감동을 이끌어내는 진솔한 책을 발간하고 있습니다. 참신한 원고가 준비되셨다면 망설이지 마시고 연락주세요.

이 도서의 국립중앙도서관 출판예정도서목록(CIP)은 서지정보유통지원시스템 홈페이지(http://seoji.nl.go.kr)와 국가자료종합목록시스템(http://www.nl.go.kr/kolisnet)에서 이용하실 수 있습니다. (CIP제어번호 : CIP2019004827)